나는 숨 쉴 때마다 행복하다

나는
숨 쉴 때마다
행복하다

정희수 지음

책과나무

중천에 뜬 해님

가장 밝은 정오 무렵 나는 오솔길을 산책한다. 저장된 추억의 창고를 뒤져 가며 그윽하게 생각에 잠기는 것도 행복하다. 아름답게 피어 있는 꽃과 들풀이 강한 태양에 지친 듯 힘없어 보인다. 뿌리나 줄기를 단단하게 만들기 위해 강한 볕을 받아 영양분을 보충하고 새벽이슬을 집어삼켰던 녹색식물의 치열했던 몸부림의 흔적은 남아 있지 않다. 좁은 길을 거닐 땐 많은 생각이 든다. 불현듯 떠오르는 아름다운 생각이나 서글펐던 추억들 모두 고스란히 메모로 남아 한 권의 책으로 만들어질 날이 있을 것이다.

사색으로 담금질된 머리는 날이 갈수록 더 젊어지는 것 같지만 몸이 따라가지 못하니 아쉽기만 하다. 오늘도 운동으로 체력을 단련하고자 밖에서 거닐고 있다. 개울을 따라 길게 뻗은 길을 따라 정신없이 걷고 있으면 많은 사람이 반려견과 동행하며 운동하고 있다. 이른 봄의 정경은 평화롭게만 보인다. 흐르는 냇물에는 오리 떼들이 무리 지어 먹이를 찾느라 분주하다. 물구나무서듯 거꾸로 고개를 처넣어 물속을 헤집어 보지만 고기들이 더 빠르게 움직이니 오리들의 허기만 깊어 간다. 이따금 철없는 고기들이 오리들에게 양식이 되어 주는 순간을 보고 있으면 참으로 신기하다. 시리도록 노란 민들레가 웃어 주니 잠시 가던 길을 멈추고 함께 쳐다보기도 하지만 마음이 그렇게 편하지만은 않다. 건강을 위한다고는 하지만 때로는 귀찮을 때가 왜 없겠는가. 노후의 건강을 위해 마음을 달래며 특별한 일이 없는 한 반드시 운동하는 것을 낙으로 삼으면서 산다.

나는 비행기도 신기하다고 늘 생각하는 사람이다. 그렇게 무거운 화물과 사람을 싣고 자기 무게까지 견디며 하늘로 치솟는 광경을 보면 이런저런 궁금증이 생긴다. 태양은 더 신비

롭다. 수억 년 전의 태양이 마모되지도 않고 꺼지지 않는 것도 신기하고 무엇으로 구성되어 있는지도 퍽 궁금하다. 지름이 139만 2,000km인 태양은 지구의 약 33만 배 크기인데, 2억 년을 주기로 은하계를 공전한다고 한다. 태양은 막대한 양의 에너지를 원천으로 하여 지구상에 사는 모든 생물의 생명을 유지하는 데 아주 중요한 역할을 하고 있다. 앞으로도 태양은 50억 년 동안 변치 않을 것으로 생각하지만 수명은 100억 년이 될 것으로 알려져 있다.

만약에 태양이 없어지면 우리들이 어둡고 추워서 살 수가 있을까 하는 궁금증이 머리를 떠나지 않는다. 참으로 신기한 물체가 아닐 수 있겠는가. 태양이 어떻게 사계절 온도도 맞추는지, 지구와 거리를 적당히 주어 여름이면 불볕더위, 겨울이면 한파까지도 끌어내는 신묘한 것이 아닌가. 태양이 지구와 점점 가까워진다고 생각해 보자. 모든 것이 타서 흔적도 없게 될 것이 뻔하다. 너무 멀리 떨어져 있다고 생각을 해 보자. 얼어서 살아남을 동물이나 식물은 없을 것이다. 그렇다. 태양을 이길 수 있는 것이 세상에 무엇이 있겠는가? 한마디 말하자면 없다. 토네이도가 이길 수 있을까? 아니면 땅을 쩍쩍 갈라놓고 건물을 박살 내는 지진이나 핵미사일? 나는 아무것도 없다고 본다.

태양만큼 강한 것은 세상천지에 아무것도 없다고 생각한다. 고운 해님이 봄이면 세상을 따뜻하게 품고 가을엔 신선한 바람을 불어넣는 것도 하나의 예술적인 작용이 아닌지. 우린 하늘에 태양이 떠 있으니 그냥 무심히 살아가지만 따지면 너무나 신묘한 현상이다. 봄의 포근한 햇살은 너무나 고맙고 아름답다. 한여름에는 강한 볕을 주어서 곡식과 과일이 풍만한 영양을 먹을 수 있도록 하고, 가을이 되면 과일이 영글게 한다.

지금까지 출간된 두 권의 책에 실린 모든 내용의 근거는 매봉서실에 보관하고 있음을 밝힌다. 지면상 그 형상을 보이지 못함을 아쉽게 생각한다. 이 책을 읽는 독자의 마음이 가볍게 때로는 무겁게 다가올 것으로 추측한다. 우리 국민이 책을 읽지 않는다는 통계가 가끔 매스컴에서 보도되는데 작가로서 독자의 마음을 때리는 깊은 영감을 주거나 웃음을 주는 일이 결코 쉽지 않다는 것을 요즘 부쩍 느낀다. 베스트셀러, 스테디셀러 작가가 되어도 이러한 염려는 항상 가슴에 담고 창작하지 않겠는가.

주변 회사들의 부도나 퇴출 등으로 분위기가 삭막한 속에서는 책도 읽히지 않고, 그럴 겨를도 없음을 절실히 느꼈다. 두더지가 땅속에 숨어 있듯 나도 최근 몇 달을 그렇게 살았다. 마음에 여유가 없으니 이것도 저것도 할 수가 없고 하고 싶지도 않았다. 언젠가는 기회가 오리라고 믿고 싶을 뿐이다. 평소 책을 읽지 않는 이들의 편에서 현실을 느껴 보기도 하고 때론 작가들과도 친하게 지냈지만, 회사에 적자가 누적되고 생사가 목전에 있으니 아무 생각이 없게 되었다. 단지 사 놓은 책에게 면목이 없다는 생각이 이따금 내 뒤통수를 긁었다. 노력하면 죽기야 하겠는가 생각하며 정신 차려 책도 읽고 글도 써 봐야겠다고 결심했다.

2019년 새해 첫 달, 매봉서실에서
정희수

산에서 뻐꾹새가 울고

마을 앞 야산에 찔레꽃이 흐드러지면

고향에선 단오를 맞느라 바빴다

뽕나무 오디로 배고픔을 달래면서도

행복감을 느꼈던 시절

이제 더는 그 정경을 볼 수 없으니

아쉽기만 하다

1장

작약꽃 피는
단오의 추억

봄
노
래
의
향
연

　길가에 핀 노란 꽃을 그냥 지나치지 않는 사람을 가끔 본
다. 정서적으로 충만한 이들이다. 계절 중에서도 '봄만이 새
봄'이라고 말하곤 하는데, 봄이 되면 몸이 나른해도 따뜻한
희망을 느끼기 위해 나들이라도 나가곤 한다. 봄노래 가사들
은 보통 우리 정서에 꼭 맞게 지어졌다. 이 봄노래를 듣고 있
노라면 온갖 상념이 찾아와 멍할 때가 한두 번이 아니었다.
세상이 각박하고 고단하니 이런 정서적 여유도 찾기 힘들어
아쉬움과 한숨만이 남을 때가 많다. 〈산 너머 남촌〉에는 이라
는 노래는 참으로 아름답다.

산 너머 남촌에는 누가 살길래

해마다 봄바람이 남으로 오네

아 ~ 꽃 피는 사월이면 진달래 향기

밀 익은 오월이면 보리 내음새

어느 것 한 가진들 실어 안 오리

남촌서 남풍 불 때 나는 좋데나

김동한의 곡에 김동현이 노랫말을 입혔다. 박재란이 불렀
는데 이 노래엔 모국어의 아름다움이 고스란히 배어 있다. 이
외에도 너무나 많은 봄노래들이 사랑받고 있어 흐뭇하기만
하다.

그렇다면 〈봄바람 임바람〉의 노래는 어떤가

꽃바구니 데굴데굴 금잔디에 굴러 놓고

삼단같이 치렁치렁 동백기름 검은 머리

천리 춘색 봄바람에 속 타는 줄 모르나

칠보단장 꾸민 얼굴 어느 뉘게 보이리

안절부절못하면서 뒷문만 들락날락

작약꽃 피는
단오의 추억

가사가 이보다 더 좋은 노래가 어디에 있겠는가. 서정가요는 가곡과 함께 한국인의 순한 정감에 큰 영향을 주었지만, 세태에 밀려 점차 사라지고 있으니 아쉽기만 하다. 찔레꽃이 개울에 피고 개구리 떼가 논에서 울어대는 봄이 오면 우리는 겨우내 입었던 두꺼운 옷들을 세탁해 옷장에 수납하면서 다음 겨울을 기약한다. 새봄이 오면 겨우내 타던 스케이트와 장갑, 모자들을 손질해 모셔 둔다. 봄을 맞는 의식이요 다시 올 겨울에 대한 예우였다. 하얀색, 노란색 민들레가 길가에 피어 있으면 한참을 바라보며 대화를 나누기도 하고 어루만지기도 한다. 도랑에는 올챙이와 개구리 알이 꼬물꼬물 그득한데, 종의 생존을 위해 후세를 약속하는 정경은 자연의 섭리 그대로다. 늦은 봄이 되면 이산 저산에서 뻐꾸기가 노래하는 시골 풍경이 정겹고 노고지리가 하늘 높이 올라가 지저귀는 풍경은 형언하기 어려운 감흥을 준다.

단옷날이면 그네를 달아 동네 처녀 총각들이 고함을 지르면서 하늘을 날고 이들 저들에서 송아지들이 "엄매 엄매" 하며 어미를 부르는 봄. 이랴이랴 밭을 갈던 할배도 저세상으로 가고 없음에 옛 향기가 그리워지기도 한다. 밭둑 언저리에 파릇파릇 새싹이 앞다투어 나오려는 그 풍경이 정말 미치

18

도록 그리워질 때는 근처 아무 들이나 가고 싶다. 동네 아낙들이 개울가에서 걸터앉아 방망이를 두드리며 겨우내 묵었던 찌꺼기들을 털어 내고, 점심도 잊은 채 이야기꽃을 피우는 정경. 아이들은 개울가 버드나무를 꺾어 뛰리리 뛰리리 피리를 불고 흰 망아지는 좋다고 이리저리 뛰어다니던 정경이 바로 봄이었다. 복사꽃을 몰고 온 산들 바람은 얼굴을 스치면서 포근함을 주었다. 언제 또다시 그 아름다운 풍경을 볼 수 있을까. 집마다 여러 남매가 소꿉장난, 제기차기, 딱지치기하던 그 아름다운 옛 모습에 눈시울이 붉어지기도 한다. 이게 봄이다.

지금도 개울가에 늘어진 버드나무는 한 폭의 동양화와 다를 바 없는데, 고단한 세상살이에 이를 눈에 담아 두는 사람이 없어 아름다운 대자연이 서운해할지도 모를 일이다. 바위틈에 핀 노란 꽃 연두색 꽃들은 이름은 모르지만 쳐다보면서 감상하는 재미는 모든 스트레스를 날려 준다. 나는 가끔 들이나 산으로 가서 이러한 봄의 매력에 흠뻑 빠져들어 보기도 한다. 봄인가 싶으면 어느새 여름이 머리를 들이민다. 여름도 나름의 장점이 있지만, 봄만큼의 아름다움과 감동을 선사하지는 못한다. 봄의 가장자리, 비가 온 뒤에는 녹색 풀이 자라나 산천을 뒤덮으면 이제 여름이다. 그렇게 아쉬움만 남는다.

세상이 너무 변모해 고층 건물이 모든 시야를 막으니 봄기운 역시 사라져 간다. 옛날에는 봄노래가 라디오에서 흘러나오면 그림 같은 풍경을 상상해 보기도 하고 달콤한 환상 속에서 헤매기도 했지만 이제는 옛 봄노래를 부르고 설렁설렁 여유를 부릴 때가 아님을 각성하는 봄이 되어 버렸다. 봄이 되면 마을의 처녀들이나 아낙네들이 들이나 밭으로 나가서 봄나물을 캐서 찬을 준비하는 모습도 더는 볼 수 없다. 아지랑이가 피어오르는 지평선에서 바구니를 옆에 차고 냉이, 달래, 쑥 들을 뜯던 그 정경이 그립기만 한 봄이다.

안양천의 봄

지난겨울 이파리를 떨어뜨린 나뭇가지에도 새순과 꽃망울이 터졌다.

산수유와 개나리는 살짝 피었고 벚꽃 나무에는 꽃망울이 맺었다.

산란기에 천을 따라 올라오는 잉어들이 무리 지어 물 위를 힘껏 뛰어오르는 재주도 부린다.

이름 모를 꽃도 피었고 들풀도 제법 자랐다.

어김없이 새봄은 왔다.

추운 겨울을 견디고 피어난 갖은 식물들이 나를 반긴다.

봄은 참 고마운 계절이다.

22

1
장

싱그러움으로 새 희망을 선사해 주었고 기분 또한 좋아졌다.

매서운 겨울이 오면 에스키모처럼 몸을 감싸고, 비 오는 날이면 우산을 쓰고서라도 안양천을 걸으며 건강관리에 열심인 중학교 고향 친구의 좋은 글이다. 독서를 많이 하고 있는 친구가 자랑스러워서 그냥 묻어 두기가 아쉬워 독자와 공유하고자 소개한다.

나는 새봄이 지나면 세상을 푸르름으로 가득 채우는 싱그러운 여름이 기다리고 있음에 감사한다. 여름 또한 좋은 계절이고 온갖 만물이 풍성해지는 계절임이 분명하니 가슴을 활짝 펴 보자. 봄은 희망이다. 그렇게 매서운 칼바람이 불던 겨울도 봄 앞에서는 맥을 못 추고 꼬리를 감춘다. 봄이 오면 아지랑이 아른거리는 들판에 새록새록 자라나는 갖가지 식물들이 화려하지만, 이 역시 다음 차례를 준비하고 있는 여름에 자리를 내주어야 한다. 빨래터 아낙네들의 마음을 흔들어 놓고 사라지니 아쉬울 수밖에 없다. 이마에 보송보송 맺힌 땀방울을 손바닥으로 훔쳐 버리니……. 내년의 봄을 다시 기다릴 수밖에 없지 않은가. 봄은 왜 이리 짧은지 봄이 오는 듯해 휘

파람을 불며 즐기다 보면 슬그머니 가 버린다.

봄아! 좀 더 우리와 함께 있어 줄 순 없겠니?

난(蘭)과 아름다운 추억

1984년이었을 것이다. 같은 아파트에 동갑 친구가 살았다. 하루는 버스를 타고 고성의 옥천사라는 절 근처로 난을 채집하러 갔다. 자가용이 없을 때라 버스를 몇 번 갈아타고서야 마을의 야산에 도착할 수 있었다. 여기저기에서 난이 자생하고 있어 무늬가 있는 난 잎을 찾기에 여념 없었다. 한참을 찾아도 변이종이 없어 다른 산으로 옮기자고 친구에게 고함을 질러 불렀지만 대답이 없었다.

이리저리 다니며 불러도 인기척이 없어 불안해지기 시작할 무렵 옆에서 바스락바스락 소리가 나는 것이 아닌가. 친구가 변이종 군락을 발견하고 호미로 캐기에 정신이 없었다. 내가 가면 빼앗길까 몰래 배낭에 집어넣기 바빴다. 잎에 눈이 내린 듯 하얀 무늬가 앉아 있는 난 무더기의 모습을 나는 지금도 잊을 수가 없다. 잎도 넓지만 무늬가 잎의 삼분지 일은 차지하고 있었다. 최고급 변이종 자생지를 발견한 것이다.

산에서 내려오며 생각했다. 사람 욕심은 한이 없다. 나였다면 어떻게 처신했을까. 과연 누가 난 자생지를 발견했을 때 캐기 전에 친구를 불러서 함께 캐자고 이야기하겠는가. 그날 친구는 배낭에 난을 가득 담아 산을 내려왔다. 그곳은 아름다움 그 자체였기에 오랜 세월이 흘러도 그 황홀경만은 가슴에 남았다. 소나무 밑에서 올망졸망 자라고 있는 변이종 난을 캐서 배양했지만 당시는 배양 지식이 부족했기에 거의 죽었을 것이다.

변이종을 발견하는 순간 그 난은 나의 것이 되는데 난을 캐는 순간의 성취감은 환상적이다. 난을 발견하면 본인도 모르게 소리를 지르는 사람도 있고 반대로 조용히 채집하는 사람도 있다. 하지만 난의 주인이 되는 기쁨은 골프에서 홀인원을 하는 것과 같다. 뿌리를 다치지 않게 캐서 비닐에 넣어 배낭에 고이 모셔 집으로 돌아올 때면 배낭 안의 난을 수십 번도 더 쳐다보게 된다. 경험하지 못한 사람은 이런 모습을 보면 그저 미쳤다고 할 것이다. 가방 안의 변이종을 보면서 히죽히죽 웃는 이도 있는데 일반인이 보면 도저히 이해할 수 없는 장면이다. 애란인 모임에선 "그렇게 난이 좋으면 난하고만 따로 살라."는 아내의 말을 듣거나 심지어 아내가 가위로 난 줄기를 싹둑 잘라 버리기도 했다는 소릴 들었다. 휴일마다 가정을 뒤로하고 매번 온 산을 헤집으며 살고 있으니 그럴 만도 하다.

이 산 저 산을 헤매다 보면 땀이 비 오듯 하는데 우린 "만약 누가 이 일을 억지로 시킨다면 살인사건 날 것"이라며 떠들곤 했다. 자기가 좋아서 하니 아무리 힘이 들어도 군소리 없이 산으로 향하는 것이다. 그래서일까. 좋아하는 일을 직업으로 삼으란 말도 틀린 말이 아니다. 자신이 좋아하는 일을 직업으로 삼아야 성공한다는 공식이다. 싫어하는 일을 마지못해서 한다면 성공 가능성이 작아지기 때문이다. 산을 찾아가며 난을 얻는 취미는 건강에 매우 좋다. 폐활량 증대는 물론이고 지구력도 길러진다. 난이 자생하는 자연을 보는 것만으로도 몸을 치유하게 되는 셈인데 변이종까지 만나면 그날의 기억은 평생을 간다.

1985년 3월경으로 기억한다. 연초면 한내리 마을 뒷산에 난이 많다는 정보를 입수했다. 11㎞가량의 거리였기에 일제 스쿠터로 출퇴근하는 설계 근무자의 오토바이를 빌렸다. 점심시간을 이용해 오토바이를 타고 시내를 벗어나 외곽의 비포장도로를 달리기 시작했다. 불길한 예감은 왜 늘 적중할까. 비포장도로로 나가자마자 오토바이의 시동이 스르르 꺼지기 시작했다. 정말 진땀나는 고통이었는데, 200m가량 전진하다 약간의 충격에도 시동이 꺼졌다. 이렇게 수백 번 가다 서기를 반복했다. 나중엔 오토바이가 원망스러워 차라리 버리고 걸어갈까 하는 생각을 수십 번도 더 했다. 당시 거제도에 일제 오토바이는 그 친구 것이 유일했을 것인데, 지금 생각하면 장거리를 주행하고도 기름 값도 주지 않은 것은 직책이나 나이를 이용한 '갑질'이 아니었나 생각한다.

30분가량 지나 산자락에 스쿠터를 세우고 산을 오르기 시작하니 아니나 다를까 누런 난들이 도처에서 자생하고 있었다. 나는 이것들을 변이종으로 생각해 마구 캐서 비닐봉지에 쓸어 담았다. 마치 도둑놈이 남의 물건을 쓸어 담는 것처럼 자생지의 난을 마구잡이로 캐니 가슴도 벌렁거리고 흘러내린 땀으로 눈은 따가웠다. 이런 누런 변이종을 전문 용어로 '서'

라고 한다. 튼튼한 서들이 매우 많았지만 전부 캐진 않고 적당량을 담았다. 돌아오는 길은 다시 고역이었다.

캐온 난을 전문가인 선배에게 보여 주었더니 태양에 빛이 바래서 이리된 것이지 서는 아니라고 해 엄청 실망한 기억이 아직도 생생하다. 이렇게 한내면은 나에겐 추억이 깃든 곳이다. 현재 근무하는 회사가 자생지 근처에 있어 출퇴근길 운전대를 잡고 있자면 옛 추억이 돋아 쓴웃음이 나기도 한다. 최근 다시 한내면을 답사하니 옛날에 풍성했던 난들이 지금은 모두 죽어 흔적도 없이 사라졌다. 정말 세상에 영원한 것은 없음을 다시 확인한다. 난 잎이 볕에 온종일 구워져 윗면만 노랗게 변하는데, 초보자는 이를 변이종으로 착각하곤 한다. 난 경력이 많이 쌓인 사람도 변이종인 서와의 구별은 어렵다. 일 년차 초보자가 변이종을 얻겠다며 먼 길을 강행군한 도전은 나 홀로 박수 보내고 말 일이다.

한번은 우리 집 진돗개 진주와 함께 한내마을에 난을 캐러 갔었다. 산행하고 나서 진주를 실어 귀가하려는데 진주는 차에 타지 않으려 딴청을 피웠다. 아무리 꼬드겨도 말을 듣지 않고 도망가서 갖은 수를 다 썼지만 소용없었다. 한참을 지나도 개선될 여지가 보이지 않자 진주를 그냥 두고 차를 몰고 가 버리고 싶은 마음뿐이었다. 그렇게 홀로 떠나는 시늉을 하니 그제야 진주가 차에 올랐다. 정말 잊지 못할 추억이다.

애완동물이든 가축이든 오래 함께 살아오면 가족이나 다름이 없는 것을 많이 느낀다. 차를 몰아 퇴근하면 귀신같이 차 소리만 듣고도 달려와 낑낑대니 정이 담뿍 들어 버렸다. 지금은 시골에서 부모님과 함께 지내지만 가끔 보고 싶다. 어떤 날은 차를 몰고 집 앞에 이르면 진주의 짖는 소리가 환청으로 들려 눈시울이 붉어지기도 한다.

1986년 겨울로 기억이 되는데 회사 버스를 이용하여 가족 동반 산채를 경남 진주시 이반성면으로 갔다. 온종일 산을 돌아다녔지만 허탕을 쳤고 겨울철이라 날은 어두워져 집으로 돌아가야 했다. 돌아오는 길에 멋진 산이 보여서 잠시 정차하고 모두 내려 호수 근처의 산에 오르자마자 이곳저곳에서 고함이 들렸다.

"변이종이다!" "변이종이다!"

나도 백복륜(난 잎에 흰색이나 노란색의 테를 두른)을 발견하고 배낭에 담기 시작했는데 주위엔 지천으로 변이종이 자라고 있었다. 그러나 아뿔싸. 날이 어두워져 더는 식별할 수 없게 되어 하산할 수밖에 없었다. 이 사람 저 사람 할 것 없이 가방에 온통 변이종들이 나왔다. 완전한 미개척지를 만난 것이다. 돌아오는 버스 안에서 너무나 아쉬워 어찌할 바를 몰랐다.

다음 날이 월요일이었는데, 회사에 출근했다가 다른 핑계를 대고서 월차를 내서 혼자 버스를 여러 번 갈아타고 그곳을 다시 찾아갔다. 여기저기를 헤맸는데 변이종 난은 몇 촉밖에 발견하지 못했다. 산이 가파르고 춘란이 자생하고 있었는데 어제 사람들이 대부분 캤던 것이다. 그 많은 사람이 인근을 쑥대밭으로 만들어 놨다. 이 기억이 오래 남은 이유는 거짓말로 월차까지 내서 동네사람들에게 물어물어 찾아갔던 나의 집착과 용기도 가상하지만, 다른 이가 진실을 알면 정신 나간 사람이라고 했을 것이기 때문이다. 사진이 한 장 남아 있다. 그해 여름에 쪄 죽는 줄 모르고 아내와 함께 그 난 밭에 올라 찍은 사진이다. 무언가에 미치면 크게 성공한다는데, 나도 난 채집을 미치도록 계속했으면 아마 국내에 내로라하는 전문가로 성장했을 것으로 생각하며 웃어 본다.

1987년 2월 전남 구례로 회사 버스를 이용하여 가족 동반 산행을 한 적이 있었다. 온종일 허탕 치고 돌아오는 길, 마지막 여정이라 생각하고 평지에 소나무가 잘 자란 산을 올랐다. 한잔 걸친 탓에 기분도 좋고 얼굴도 불콰해졌지만, 산을 오르는 묘미는 말로 표현할 수 없을 정도로 감미로웠다. 난을 찾는데 저만치서 누른 난이 보이지 않겠는가. 나도 모르게 소리 질렀다.

"중투다, 중투!"

중투는 잎 중앙에 노란색이나 흰색의 무늬가 있는 난으로 변이종 중에서도 최고로 취급받는 품종이다. 나는 난을 캐서 흙을 털지 않고 그대로 폭 떠 비닐봉지에 넣었다. 난을 수십 년 하면서 이만큼 기분이 좋았던 적은 없었다. 이듬해 제1회 삼성중공업 춘계 전시회에 출품했는데, 지금 생각하면 약간 후천성 중투로 그렇게 가치가 높은 난은 아니었다. 그래도 그 당시엔 중투를 보기가 매우 어려워서 기분은 날아갈 듯했다.

두 눈을 떠도
갈 곳이 없다

5시쯤 일어나면 아내는 아직도 꿈나라다. 옷을 주섬주섬 챙겨 입고 새벽이슬 깔린 밖으로 일하러 나가는 사람은 그나마 생기가 있다. 하지만 나도 인간인지라 가만히 놀면서 먹고 살 방법은 없을까 하는 생각도 한다. 돈이 많으면 그냥 취미 생활을 즐기거나 해외여행을 하며 살 수 있을 텐데 말이다. 그러나 그렇게는 할 수 없고 그래서는 아무것도 되지 않는다. 힘이 들고 피곤해도 일을 해야 살 수 있다.

나는 생존을 위해 출근한다. 특히 겨울철 출근은 고역이다. 해가 짧고 추워서 쉽게 피곤해지며 움직이기도 불편하다. 아침에 두꺼운 외투를 집어 드는 순간 온갖 잡다한 생각들이 머리에 감돌기도 한다. 이와 반대로 해가 긴 여름철에는 이른 아침이지만 밖은 이미 밝고, 옷차림도 가벼워 출근이 수월하다.

좀 쉬면서, 아니면 놀면서 살고 싶어지고 늦잠도 자고 싶은 생각이 들 때가 있다. 사람의 몸은 놀수록 게을러지고 일하고 싶은 생각은 꼬리를 감춘다. 노숙자에겐 아무리 좋은 일자리를 주어도 적응하지 못하는데, 대부분 이유는 일정 시간 규칙적으로 근로하는 것을 못 견딘다는 것이다. 게으름은 조상도 고쳐 주거나 말릴 수 없다고 하지 않았던가. 인간은 뛰면 걷고 싶고, 걸으면 서고 싶고, 서면 앉고 싶고, 앉으면 눕고 싶어지고, 누우면 자고 싶은 나약한 존재다. 부지런해야 잘 살지만 그렇게 평생을 부지런하게 일하지 않다가 그저 그런대로 인생을 마감하는 경우가 많다.

직장에서 상사에게 욕먹고 부하들 눈치 보며 동료와의 경쟁에서도 밀려 스트레스받을 수는 있지만, 그래도 일할 수 있는 작업장이 있음에 감사해야 한다. 걱정부터 앞세우지 말고 도전 의식으로 무엇이든 시키는 일만 하지 말고 스스로 일을 시작하고 개발하여 발전하자. 일에 몰두하다 보면 시간 가는 줄 모르고 좋은 방법이 생각날 수도 있다.

담을 넘어온 돌배

어릴 때 옆집의 배나무는 우람했고 해마다 배도 많이 열렸
다. 배나무가 커지자 가지가 우리 집 담을 넘어와서 치렁대는
모습을 보면 마치 주객이 바뀐 듯하기도 했다. 한편으론 배가
주렁주렁 열린 가지가 우리 집 마당에 드리우니 마음만은 든
든했던 기억이 있다. 우리 남매는 주렁주렁 달린 배를 보고도
집 안에 걸려 있는 그림 감상하듯 구경만 했지 따 먹을 생각
은 하지 못했다. 봄에 하얀 배꽃이 피면 향기도 조금씩 퍼지
는 듯해 코가 즐겁기도 했다.

배꽃이 진 후에 배들이 조롱조롱 맺히기 시작하고 하루가

다르게 자라는 광경을 나는 매일 아침 쇠죽 끓이러 마당에 나올 때마다 볼 수 있었다. 신기하다는 생각을 했다. 당시는 먹거리인 쌀, 보리가 풍부하지 않아 주렁주렁 달린 배를 지켜보아야 하는 건 고역이었다. 어느 정도 배가 자라면 크지도 작지도 않은 씨알이 탐스럽게 맺혀 몇 입 깨물어 삼키기에는 그만이었다. 초여름 햇살이 배에 닿으면 노란빛을 뿜으며 싱그러움을 과시했고, 우리들의 마음은 아프기만 했다. '슬프도록 아름답다'는 말을 그때는 몰랐지만, 정확히 그렇게 느꼈던 것 같다.

　이렇게 몇 개월을 참으면 옆집 할머니는 목골댁 손주들이 귀엽다면서 바가지에 배를 가득 담아 집 툇마루에 놓으셨다. 그분은 "아이들이 남의 물건을 탐내지 않고 착하게 자라서 고맙고 귀엽다."고 하시며 배를 건네주고 가시곤 했다. "지금은 하늘나라에 계신 옆집 꼬부랑 할머니. 우리 남매는 할머니께서 주신 배를 먹고 지금도 잘 살고 있으니 그곳에서 편히 잘 계시지요?" 하는 인사를 드리곤 한다.

　가을 무렵 난을 채집하러 이 산 저 산을 다니다 보면 중증 당뇨 환자처럼 허기가 져서 견딜 수가 없을 때가 있다. 이때 남의 밭에 달린 단감이나 대추를 발견하면 흑심이 생기기도 한다. 더러 한두 개 집어 맛을 보긴 했지만 배낭에 쓸어 담은 적은 정말로 없었다. 어떤 이는 배낭에 과일을 따서 쓸어 담는데 말려도 막무가내인 경우도 있어서 기분이 언짢아질 때도 있다. 남의 물건에 손대는 것, 특히 피땀 흘려 키운 남의 과실에 손대는 것은 중범죄이며 인간의 도리로도 하지 말아야 한다.

거제도의 한 부부가 아이 둘을 키우며 방 안에서 난을 배양하는 것을 본 것이 있다. 울산에서 일하다 허리를 다쳐 쉬고 있다면서 거제에 내려와 시골집을 빌려 방 안에서 난 화분 100여 개를 배양하고 있었다. 난 채집을 마친 우리 일행은 이 집에 들러 신기한 광경에 시간 가는 줄 모르고 난 이야기로 시간을 보냈다. 이야기를 마치고 일어서려는데 부인이 바닷가에서 조개를 캐서 돌아오는 것이 아닌가. 부인은 이런 조개나 해삼 같은 해산물을 내다 팔아 아이들을 키우며 생계를 유지한다고 했다. 깊은 연민과 안타까움을 곱씹으며 헤어졌다.
  그러던 어느 날 뉴스에 '난 절도범'이 체포되었다는 소식이 흘러나왔다. 맙소사! 아니나 다를까 범인은 방에서 난을 키우던 젊은 그이였다. 남의 집에 침입해 좋은 난을 모조리 훔쳐 거제로 내려와 은닉하며 살았던 것이다. 그 사람은 부산에서 각종 난 활동을 많이 했다고 자랑도 늘어놓았건만 절도범일 줄은 꿈에도 몰랐다. 생각해 보면 그렇다. 난은 통풍이 잘되고 볕도 잘 드는 곳에서 잘 자라는데 방 안에 가둬 놓고 난을 키우는 것이 참으로 신기하다고만 생각했다.

만약 그가 창원 법원에서 재판받으면서 '죄를 뉘우치고 있고 먹고살기 위해 잘못을 저질렀다'고 자백해 선처를 탄원했다면 판사도 형량을 낮추었을 것인데 끝까지 잡아떼고 잘못을 인정하지 않아 매우 높은 양형을 선고받았다는 뒷얘기를 들었다. 어떤 이유에서라도 남의 것을 탐해선 안 된다. 피땀 흘려 잘 지어 놓은 농작물을 쓸어 담아서 오는 것은 엄청난 죄악이다. 농작물 주인들은 어렵게 지은 농작물을 수확하여 판로를 개척하는 일도 어렵거니와 판매까지의 과정 또한 만만치 않다. 농작물을 현금으로 만드는 과정을 겪지 못한 이들은 모를 것이다.

빨리 가려고 낭떠러지를 타고 올라가다가 발을 잘못 딛거나 손을 잘못 짚으면 황천길이지만, 힘들고 멀어도 에돌아가거나 사다리를 짚고 한 단계씩 올라가면 다치지 않고 정상에 이를 수 있음을 잊지 말자. 매년 늦여름이 되면 쇠죽바가지에 돌배를 가득 담아 건네던 옆집 주인 할머니가 그립다.

늙어 감에 따라서

〈전국노래자랑〉도 꽤 볼만한 프로그램이다. 나이나 성별
에 상관없이 나와서 재미있는 연기를 하는데 만년을 갈 수 있
는 좋은 프로그램이다. 우리는 노래로 힘을 얻고 엔도르핀도
만들어 건강해질 수 있다. 이 프로그램에는 거의 100세에 가
까운 노인이 출연하는가 하면 3~4세의 아이들도 무대에 올
라와 관중의 환호를 끌어낸다.

환갑 진갑을 넘기고 보니 조그만 감동이나 희로애락에도
마음이 약해지고 눈물이 나서 마음을 추스르기 버거울 때가
있다. 청년 때 아버지의 눈에서 눈물이 나오는 것을 보면서

눈병이 생겼나 하고 의아해한 적이 있었는데 이제는 내가 나이가 들어서 이러한 처지에 놓이게 되니 세월이 참으로 빠르다는 생각이 든다. 특히 일교차가 심한 겨울에는 밖에 나가면 눈물이 자꾸 흘러 당시 아버지의 입장을 충분하게 이해하게 되었다. 늙어 감에 따른 노화 현상이지 눈병이 아닌 것을 깨달았다. TV 프로그램을 통해 고생을 겹겹이 하며 성공한 서민 갑부나 자연인들의 구슬픈 사연들을 듣고 있노라면 눈물이 흘러내려 옆에 있는 아내 모르게 눈물을 닦는다고 고생하기도 한다.

울고 싶을 땐 실컷 울고, 웃고 싶을 땐 마음껏 웃으라고 의사들이 조언한다. 사실 중년의 남자가 우는 모습 보이는 건 창피한 일만은 아니다. 약한 모습을 보여 주기도 싫거니와 이런 추한 모습을 감추고 싶어 안절부절못할 때가 있다. 나는 교양 프로그램이나 〈전국노래자랑〉, 〈가요무대〉를 즐겨 본다. 애환이 엮인 노래를 듣고 있자면 가슴이 찡한데, 특히 신청자가 어렵게 살아오거나 이미 돌아가신 부모님이 즐겨 부르던 노래를 신청하고 노래가 흐르면 만감이 교차해 눈물을 흘리기도 한다. 돌아가신 부모님을 위한 사모곡을 지금도 부르는 자식들에게 박수를 보내곤 한다.

나는 더 늙어 요양원 신세를 지면 어떻게 되는가를 가끔 생각하게 된다. 이거 큰일이다. 요양원 생활이 마치 닭장 안의 닭과 같다고 여겨져 서글프다. 지금부터라도 운동을 열심히 해서 요양원이나 병원 신세를 지지 않아야겠다는 다짐이 앞선다.

남의 일이 아니더라

거제에 친한 지인이 있는데 우리는 가끔 부부 동반 식사를 하며 이런저런 대화로 웃음꽃을 피웠다. 수년 전 우리 두 내외가 모여 저녁을 함께할 때였다. 그도 외동아들을 두었고 나도 외동아들만 있어 금방 공감대가 형성되었다. 어느 날은 그의 아들이 군대에 입대하게 되어서 부부가 함께 신병 훈련소까지 따라갔는데 돌아오는 길에 그는 아이가 훈련소에 들어가며 뒤를 돌아보는 순간 눈물이 쏟아지더라고 했다. 나는 바로 말을 받으며 "뭐 남자가 아들 하나 군대 보내는데 눈물을 흘립니까?"라고 쉽게 말을 하고 말았다. 나는 그날 공감하기 어려워 좀 강하게 말했다. 남자라면 누구나 병역의무를 이행하는 첫발인데, 군필자인 아버지가 담대해야지 눈물을 보이면 안 된다는 생각을 아직도 가지고 있다.

그런데 겪어 보지 않고서는 남의 이야기를 하지 말라고 하지 않았던가. 그 뒤 우리 아들도 최전방부대의 훈련소에 입소하라는 영장을 받았다. 입소 당일, 우리 부부도 그들처럼 아들을 차에 태우고 경기도 문산의 신병훈련소로 갔다. 그런데 집 주차장에서 차에 타는 순간부터 아들은 풀이 죽어 조용하기만 했다. 그도 그럴 것이 자유의 세상에서 컴퓨터다 대학축제다 영화관이다 하며 자유를 만끽하다 엄혹한 지옥(?)으로 가려니 그런 생각이 들지 않을 수 없었을 것이다. 누구나 마쳐야 하는 병역의무이지만 나 역시 아들이 최전방 민정 경찰(수색대)로 갈 줄은 몰랐다. 나 역시 마음이 무거웠다.

문산에 도착하니 황량한 정경에 차가운 3월의 칼바람이 불어댔다. 주차장이 없어서 차를 좀 먼 곳에 주차를 하고 걸어가는데 아들이 짜증을 내기 시작했다. 좀 걸으면 된다고 타일렀지만 불만 가득한 얼굴로 투덜거렸다. 연병장에 들어서니 정말 인산인해였다. 이런 곳은 처음 왔는데 입소 청년의 부모 친척들이 가득했다. 처음에는 혼자 보내려 했는데, 홀로 보냈으면 원망을 들을 수 있었다는 생각까지 들었다. 부모 없는 자식처럼 말이다. 이제 핵가족 시대인데 왜 그런 생각을 했을까. 나름 아들을 강하게 키워 보자는 마음이었다.

간단한 환송 행사를 마치고 헤어져 돌아오는데 마음이 어찌나 불편하고 눈물까지 나던지. 그 순간을 지금도 잊을 수가 없다. 지인에게 한 말도 생각이 나서 참으려고 노력을 했지만 영 마음이 불편했다. 아들을 전방에 홀로 두고 내려오려니 영 발길이 떨어지지 않았다. 내려오면서 아들과 주차 문제로 다툰 일도 후회되고 훈련을 받다가 다치지는 않을까 아니면 적응 못해서 탈영하지는 않을까 하는 온갖 잡다한 생각이 머리를 때리니 매우 괴로웠다. 아내에게는 이야기 못 하고 벙어리 냉가슴 앓듯이 매우 힘들게 운전하며 귀가했다.

한 달 후에 수료 면회를 하게 되었는데 배치받은곳에서 아들을 만나는 순간, 아내가 먼저 아들을 껴안았고 나는 뒤에서서 눈물만 흘렸다. 손수건도 없어서 정말 혼이 났다. 전에 내가 모질게 했던 말을 지인은 기억도 못 했지만 우리가 서로 만났을 때는 나는 그때의 그 말이 잘못되었다는 것을 바로 인정했다. 그렇다. 남의 일이라고 쉽게 뱉었던 말이 정말 창피

했다. 나도 눈물을 흘렸으니까 남의 이야기라고 쉽게 듣고 쉽게 말해서는 안 된다는 진리를 절실히 익혔다.

여성들이 제일 싫어하는 이야기가 군대 이야기, 그것도 군대에서 축구를 했던 이야기라는데 그래도 하나 더 해야겠다. 1976년 7월, 내가 훈련소를 마치던 날 연병장에는 면회객들이 인산인해였는데 부모님께서는 오지 않았다. 다른 동기들의 부모 친척들은 손에 수박이다 통닭이다 뭐다 해서 잔뜩 준비해서 왔고 나는 비슷한 처지의 동기들과 함께 배고픔을 달랬다. 수료를 마치고 교육원에 도보로 가려는데 정문에 할머니와 아버지 그리고 막냇동생이 기다리고 있지 않은가? 얼마나 반갑던지.

이동 중에는 말도 할 수 없고 면회도 불가하여 교육원까지 가서 면회를 했다. 구은 소고기를 많이 가져오셨는데 나는 이것을 동료들과 나누지 않고 늦은 밤에 혼자서 먹었던 기억이 났다. 이날, 난 굶주리면 사람이 얼마나 비겁해질 수 있는지 생각하게 되었다. 배가 고프니 동료고 뭐고 눈에 보이지 않고 그저 내 배만 채웠어야 했던 것이다.

작약꽃 피는
단오의 추억

산에서 뻐꾹새가 울고 마을 앞 야산에 찔레꽃이 흐드러지면 고향에선 단오를 맞느라 바빴다. 학교를 마친 우리는 짚으로 새끼를 꼬아 그넷줄을 만들어 마을 어귀에 버티고 있던 정자나무나 고목에 달았다. 여자들은 머리를 창포에 감고 붉은 물을 들인 창포 꽃(단오 비음)을 머리에 꽂고 다녔다. 남자들은 창포 뿌리를 허리춤에 꽂았다. 모두 액을 물리치기 위한 의식이었다. 실력 좋은 마을 청년들은 아주 높은 미루나무나 뽕나무에 그네를 매달아서 처녀들과 마주 보면서 하늘로 뛰어올랐다. 마을 처녀들이 그네를 타면 머리카락이 헝클어져 얼굴을 덮기도 했다. 그들이 지르는 환호성은 마을 전체에 흥겨움을 전했다. "올라간다! 올라간다!" 하며 그네가 솟구쳤고 정점에서 '야호'를 연신 외치며 떨어졌다.

처녀 총각들의 흥겨운 소리에 마을 개구쟁이들은 죄다 달려와 진을 쳤다. 아이스케이크를 파는 아저씨의 자전거 안장에서 아이스케이크 녹은 물이 뚝뚝 떨어졌기에 아이들은 금방 침을 흘리며 안절부절못했다. 아이들은 할머니 할아버지를 졸라 돈을 받아 내려 했지만, 이 일도 만만치 않았다. 엿장수도 이 기회를 놓칠세라 가위를 쳐 대며 거리를 누볐다. 모아 놓은 빈 병, 신발, 쇠붙이를 들고 온 아이에게 엿장수는 엿을 더 주며 선심을 쓰곤 했다. 고무신을 엿 바꿔 먹어 어머니에게 두 손을 싹싹 빌며 혼쭐나기도 했지만, 힘든 일이 생길 때면 그 시절이 참 좋았다는 생각이 든다.

보리가 누렇게 자라고 밀이 수확을 기다리는 단오 때는 일손들이 부족해 부지깽이 힘도 빌린다는 말이 있다. 보리며 밀, 감자까지 때를 맞춰 수확하는 일은 고단하기만 했다. 조금 일하다 보면 어느새 점심때가 되어 집까지 돌아가 밥을 준비해 들로 나르는 일은 번거로웠지만, 흥겹게 일했던 아름다운 느낌만 남아 있다. 뽕나무 오디로 배고픔을 달래면서도 행복감을 느꼈던 시절. 이제 더는 그 정경을 볼 수 없으니 아쉽기만 하다.

여기저기서 먹고살기 힘들다고 아우성이다. 최고가 되
지 않으면 버틸 재간도 없고 존립이 어렵기 때문이며 경쟁에
서 밀리면 추락하는 것이 자연스러운 이치가 되었다. 회사도
10년을 버티기가 어렵고 국가도 미국처럼 초강대국이 아니
면 모든 영역에서 강대국의 압박을 받아 국가 발전에도 영향
을 받는다. 나는 좋은 아버지 어머니인가? 나는 훌륭한 남편
부인인가? 훌륭함, 즉 위대함을 가로막는 최대 장애물은 '그
냥 좋음'이다. 많은 사람이 적당히 살아간다. 사람들이 그냥
좋다고 말하면 이를 최상으로 생각하는데 이렇게 해선 최고

가 될 수 없다. 적당히 사는 것은 어찌 보면 매우 위험한 일이다. 그냥 좋은 형님, 좋은 아버지로 남아선 곤란하다.

"제발 좀 적당하게 하자. 까다롭게 굴지 말고 적당히 하자고!"

"꼭 그렇게까지 깐깐하게 굴어야 하겠어?"

이런 말을 하는 사람들은 가정이나 회사를 성장시키지 못한다. 매사를 치밀하게 기획하며 사는 사람은 목표한 바를 반드시 달성한다. 무슨 일을 하든 강한 의지, 강한 추진력으로 밀어붙이는 사람이 성공한다. 이런 사람은 한 번도 회사에 가기 싫거나 사업을 포기하려고 생각하지 않는다.

세계적인 화가 빈센트 고흐(1853~1890)는 정원을 가진 적이 없어서 그의 활동기 10년을 통해 다양한 종류의 정원을 찾아다녀야만 했다. 그는 사람들이 자신의 네덜란드 성씨를 제대로 발음하지 못할 거라고 짐작해 '빈센트'라고만 서명했다. 그래서 유럽에선 "반 고흐"를 "빈센트"라고 부르기도 한다. 빈센트는 약 10년간 작품 활동을 하며 2,000점 이상을 그렸는데, 그의 그림에는 이름난 정원과 공원의 그림도 많다. 그가 어렸을 때 어머니 안나와 정원사 아에르센이 정원을 가꾸었는데 장남인 그는 정원에서 놀 거리를 만들어서 놀 곤 했다. 어머니는 자녀들이 정원에서 노는 것이 안전하다고 생각했다. 빈센트의 제수인 요 반 고흐 봉게르에 따르면 그가 멋진 놀이를 생각해 내자 동생들은 정원의 장미 한 그루를 상 으로 준 적이 있다고 한다.

1889년 1월 심각한 정신질환으로 프로방스 아를의 병원에 입원해 있으면서도 그는 준데르트 목사관을 생생하게 기억해 냈다. 일 년 후 질환이 더욱더 깊어지자 몹시도 사랑했던 동 생 테오와도 연락을 끊고 여생을 그림에만 바치기로 마음먹 었다. 만약 동생의 도움이 없었다면 빈센트는 화가로서 살아 남지 못했을 것이다. 그는 목사관에 딸린 주일학교로 쓰던 방 을 화실로 삼았다.

쉔그베그의 집에 세 들어 살면서 빈센트는 동거하던 모델 시엔 후르닉에게 성병이 옮아 다시 입원했음에도 동생에게는 자신이 우울하지 않다고 말했다. 빈센트는 대부분의 일을 고 갱의 결정에 따랐고 심지어 친구가 옹호하는 화법, '기억으로 그리는 작업 방식'을 실험하기도 했다. 1888년 12월 23일 고 갱과 대립한 후 집에서 나가 면도칼로 자신의 왼쪽 귀를 잘랐 다. 친구의 상태에 충격을 받은 고갱은 테오에게 전보를 쳤고 동생 테오는 형을 만나려 곧장 파리를 떠났다. 의료진은 빈센트의 상태가 심각하다고 말했고 테오는 형이 회복할 수 없으리라 생각하며 돌아왔다.

회복기에 친구인 우체부 조제프 룰랭이 면회를 허락받아 같이 병원의 안뜰을 한 시간 남짓 산책한 적 있었다. 빈센트의 신경증은 더욱 거칠어졌고 결국 1889년 2월 주민 30명이 시장에게 그를 동네에서 영원히 퇴거하라는 청원을 하자 빈센트는 세 번째이자 마지막으로 프로방스 아를 병원에 입원했다. 일 년 후인 1890년 7월 27일, 빈센트는 들판으로 나가 자기 가슴에 총을 쐈다. 그의 나이 37세였다. 치명상을 입고 숙소로 돌아온 그는 동생 테오가 지켜보는 가운데 숨을 거두었다.

오늘날 형제는 마을에 나란히 묻혀 있다. 재산을 모으고 어느 정도 정신적으로 안정되고 만족한 곳에서 지낼 수 있었다면 빈센트는 해바라기, 붓꽃, 장미가 흐드러진 '빈센트의 정원'을 만들 수 있었을 것이다. 비록 비참하게 생을 마감했지만 여기서 우리는 형제간의 우애를 맛볼 수 있었고 세계 최고가 되기 위해 자신의 모든 것을 쏟아부은 화가의 노력과 정신을 엿볼 수 있지 않은가. 빈센트가 얼마나 큰 노력을 했고 얼마나 지독한 아픔과 고독과 싸워야 했는지를 알 수 있다.

2001년 세상을 떠난 운보 김기창 화백은 만 원 지폐 앞면에 세종대왕 초상화를 그린 사람이다. 화백은 일곱 살 때 장티푸스를 앓아서 말을 할 수 없게 되었다. 이때 외할머니가 보약을 잘못 먹이는 바람에 청각장애까지 얻었다. 생전에 그림 약 35,000여 점을 선보였지만 지금은 경매에서도 좀처럼 보기 어렵게 되었다.

〈청록산수〉와 〈바보산수〉로 유명한 운보의 그림 중에서 내가 가장 좋아하는 〈가을(엽귀)〉이라는 작품은 국립현대미술관에 전시되어 있다. 들밥을 이고 가는 여인이 나온다. 청명한 가을 하늘 아래 훌쩍 큰 수수밭 사이를 걷는 누이의 머리엔 함지박이 있고 등에는 막냇동생이 업혀 잠들었다. 그 곁엔 맨발의 소년이 걷고 있다. 특유의 향토색으로 그린 서정시와 같은 작품이다.

장애를 안고도 피나는 노력을 해서 성공한 김기창 화백을 좀 더 깊이 알기 위해 15년 전에 화백의 고향이자 그가 묻힌 충북 청원의 동네로 아내와 함께 직접 찾아 그분의 일대기를 들었다. 생전에 운보 화백께서 집 안 연못에서 자라는 잉어들의 먹이를 휠체어에 앉아 던지는 모습이 눈에 선했다. 인간은 누구나 죽지만 죽음으로 끝내지 않고 후대에 더 큰 생명력을 주는 사람도 있다. 누구도 감히 모방하지 못할 〈청록산수〉나 〈바보산수〉의 그림은 미술시장에서 구경조차 힘들다.

　마지막으로 간송 미술관을 설립한 간송 전형필(1906~1962년)이다. 간송은 일제 강점기 조선의 보물이 일제로 넘어가던 시절, 부친으로 받은 유산을 털어 국보급 미술품이나 문화재를 수집해 지킨 애국자였다. 그의 나이 스무 살 때 조선 거부 40명에 끼일 정도로 엄청난 유산을 물려받았다. 일본인 아마이케, 마에다, 무라카미로부터 20,000원에 매입한 상감청자 운학문매병은 지금은 간송미술관에 소장되어 있는데, 1962년 12월 20일 국보 제68호로 지정되었다. 2천 원이면 1935년 당시에 경성에서 여덟 칸짜리 기와집 20채를 살 수 있었다. 지금 시세로 따지면 60억 원 정도의 돈이었다.
　중요한 것은 그가 돈만 많았다는 것이 아니다. 미술품을 보는 안목이 매우 뛰어나서 많은 미술품과 도자기를 사들여 간송미술관에 전시했고, 보물급 문화재는 국가에 헌납했다. 그래서 후대들은 그를 단순히 돈 많은 수집가가 아닌, 나라의 보물을 지킨 애국자로 추앙하는 것이다.

미술관이나 화랑에 가서 작가의 현품을 보면 미술 작품에
대한 생각이 많이 달라질 것이다. 자주 보고 설명을 들으면
자연스레 안목도 넓어지고, 왜 뛰어난 명인의 작품이 그리도
아름답고 독창적인지도 알게 될 것이다. 미술을 즐기는 것은
삶의 질을 높일 수 있는 방법 중 하나이다.

참지 못해서
벌어지는 재앙들

　인간은 얼마나 감정적인 존재인가. 은행에서 직원이 일을 잘못하거나 조금 늦게 처리하면 고함을 고래고래 지르며 상사 나오라고 윽박지르는 광경을 보았다. 기다리지 못하고, 작은 실수에도 화를 내는 모습을 본다. 작은 감정을 억누르지 못해 사람을 상하게 하고 물건을 부순다. 참고 참자. 그리고 또 참아 보자. 술을 많이 마셔서 정신을 잃는 것도 비극이다. 술이 원수라는 말이 빈말이 아니다. 술로 인생 망친 사람이 얼마나 많은가. 많은 재앙이 주취 상태에서 빚어진다. 술기운으로 폭행하고 기물을 부숴 지금도 구치소나 교도소에 있는 사람이 많다. 직장은 물론 가정도 풍비박산이 난다.

울분을 참는 힘은 갑자기 생기지 않는다. 평소에 노력해서 참는 연습을 하고 중요한 순간에 스스로 다스리며 생각할 줄 아는 힘을 길러야 가능하다. 술도 적당히 마시고 화가 나도 참는 연습을 해 보고 기분이 나빠도 내가 손해를 보자는 생각은 하루아침에 완성되지 않는다.

퇴근길, 좁은 길로 차를 몰고 들어갔는데 저만치에서 차가 한 대 오고 있다. '네가 피하는지 내가 피하는지 두고 보자' 이런 사람도 있을 것인데 여기서 싸움이 생긴다. 앞에서 오는 차가 지나갈 수 있도록 빈 곳을 찾아 기다려 주면 상대 차 운전자도 손을 번쩍 들어 주며 인사한다. 얼마나 기분이 좋은가. 양보하면 기쁘고 마음도 편안해진다. 큰돈 들지 않으니 작은 일은 순순히 양보하자.

아파트 위층에서 모처럼 놀러 온 손자 손녀들이 쿵쿵거리며 뛰어논다고 흉기를 들고 찾아가서야 되겠는가? 1990년경 새로 지은 아파트에 이사 온 지 얼마 되지 않았을 때였다. 위층의 아들 둘이서 뛰는 소음이 심해서 항의를 하러 올라갔다. 지금 생각하면 웃음이 나온다. 지금 그 아들은 결혼했고 한 명은 미국에서 교수가 되기 위하여 유학 중이다. 그 이후 그

집 부부와는 16년간 친구로 지내왔다. 그때 조금 참으면 좋았을 걸 하는 뒤늦은 후회다.

　　형제나 부모와 자식 간에도 말조심해야 한다. 말 한마디 잘못해서 마음에 상처는 물론 큰 싸움으로까지 번져 돌이킬 수 없는 관계로 전락하는 경우도 가끔 본다. 설이나 추석에 어른들의 일방적인 잔소리에 상처받는 젊은이들이 많다고 한다. 명절을 앞두고 이제는 언론에서 미리 하지 말아야 할 대화 주제와 말에 대해 일러 주곤 한다. 그 내용을 공유한다. 미혼자에게 결혼 이야기로 압박을 주거나, 취업준비생에게 취업 계획을 물으면 당사자는 상처받는다.

"앞으로 어떻게 살 건지 말해 봐라."
"너 살 많이 쪘다. 앞으로 관리 좀 해라."
"네 나이가 몇 살인데 그러고 사니?"
"누구는 이번에 대기업에 취직했다고 하더라."
"도대체 결혼은 언제 해?"
"고르지 말고 아무 회사나 들어가라."
"월급이 얼마야?"

"모아 놓은 돈은 있어?"

모두 하지 말아야 할 말이다. 어른들은 편한 가족 · 친척이라 말은 쉽게 하지만 당사자는 괴롭다. 오히려 "때가 되면 다 잘될 거다.", "너를 믿는다." 등의 긍정적인 위로를 하는 것이 좋다. 인생을 더 많이 살아온 어른들은 속이 터지고 마음이 아파서 대수롭지 않게 조언하는데, 조심하고 볼 일이다.

이 글을 쓰는 이 순간에도 어느 지역에서 엄마가 집에 불을 질러 3남매가 모두 죽은 사건이 벌어졌다고 한다. 조금만 참으면 행복할 수도 있을 텐데 너무나 마음이 아픈 일이다. 어린아이들이 부모 잘못 만나서 살아 보지도 못하고 생을 마감했다. 70세 할아버지가 음주운전으로 2명을 치어 숨지게 한 사고가 뉴스에 나온다. 그저 할 말을 잃는다.

참자. 참자. 그리고 또 참아 보자.

멸종되어 가는 것들에 대한 아쉬움

뻐꾹새, 뜸부기, 노고지리, 말똥구리, 부엉이, 반딧불이,
모래귀신. 어릴 때 새벽에 눈을 뜨면 산자락에서 껑껑 푸드득
하는 소리를 들을 수 있어서 좋았고, 늦은 5월이 되면 이 산
저 산에서 뻐꾹뻐꾹 하면서 나는 모습도 좋았다. 들판에서 하
늘 높이 날며 지저귀는 노고지리 소리는 또 얼마나 좋았던가.
소먹이를 하다 보면 소똥을 동그랗게 말아서 앞뒤로 말똥구
리들이 부지런히 굴리는 모습에 빠져 한참을 쳐다보곤 했다.
소똥을 말아 어디로 끌고 가는 것일까 하는 궁금증에 쇠똥구
리의 길을 추적하기도 했다.

작약꽃 피는
단오의 추억

앞산 바위 위에 앉아서 부엉부엉 울어대던 부엉이들도 이제는 좀처럼 볼 수 없게 되니 옛날이 너무 그립다. 여름철이면 반딧불이가 여기저기 날고 어린 우리들은 반딧불이 어떻게 빛을 만들어 날아다닐 수가 있을까 궁금해 만져 보기도 했다. 모래밭에 나가면 모래귀신 벌레가 구멍을 파고 밑에서 숨어 있다가 개미나 벌레들이 빠지면 족집게 입으로 냉큼 물어서 모래 아래로 끌고 가곤 했는데 끌려가면 그걸로 끝이었다.

땅이 오염되고, 심지어 가축은 항생제 덩어리를 먹으며 자라니 소가 똥을 눠도 쇠똥구리가 없다. 아름다웠던 것들이 멸종되어 가는 것이 가슴 아프기만 하다.

경조사에 대하여

1983년에 할머니가 세상을 떠나셨다. 할머니는 장손자인 나를 무척이나 아끼셨다. 상(喪)은 집안에서 매우 큰일이었는데, 큰 경조사를 겪으며 들었던 몇 가지 생각이 있어 독자들과 나누고자 한다.

경사스러운 자리에도 가능하면 참석해서 축하해 주자. 조사는 말할 필요도 없겠지만 행사에 늦지 말고 미리 가서 혼주들을 만나서 축하해 주고 덕담을 나누어 보자.

주차한다고, 또는 예식장 건물을 찾는다고 허둥대다가 입장식을 놓치는 실수는 하지 말자.

경조사비용은 아끼지 말자.

요즘은 작은 결혼식을 한다고는 하지만 그래도 아직은 양가 하객의 숫자로 비교를 하니 많은 사람이 찾아가서 축하를 해 주면 좋은 일이다.

반기문 전 유엔사무총장의 책을 읽어 보니 자녀들을 외국에서 아니면 국내에서도 알리지 않고서 작은 결혼식을 올렸다고 하는데, 난 "아! 존경할 만한 공무원이구나."라고 생각했다. 나는 그렇게 하지 못했다.

축하 자리에 참석하여 나의 일인 양 박수도 보내고 웃어주고 기뻐해 주자. 예식장에서 잡담으로 분위기를 어수선하게 만드는 행동도 이제 고쳐야 한다. 예식장에 가서는 혼주만 만나고 바로 식당으로 가는 것도 바람직하지 않다. 최소한 입장식만이라도 보고 볼일을 보는 것이 예의다. 의복도 좋은 것으로 차려입고 가야 한다. 결혼식장에 등산복 차림으로 가서도 안 되고 상가엔 빨간색이나 화려한 의복은 피해야 한다. 가능한 검정의 정장을 입고 가야 한다. 휴대폰도 진동이나 무음으로 해놓아야 한다. 경쾌한 음악이나 경박한 벨 소리가 울릴 수 있다.

아등바등 영원히 살 것처럼 굴고 남을 헐뜯고 중상모략해 봐도 죽음 앞에 선 인간은 모두 어린아이가 된다. 인간은 이렇게 유한하며 나약한 존재다. 사람이 생을 마감할 때 눈도 감게 되고 입도 다물어지지만 귀만은 열려 있어 제일 마지막에 닫힌다고 한다. 마지막 숨이 넘어가도 얼마간 망자는 가족의 통곡 혹은 따뜻한 위로나 사랑의 말을 들을 수 있다. 자식이 어머니를 보내며 하는 따뜻한 위로의 말에 숨을 거둔 망자의 눈에서 눈물이 흘렀다는 이야기를 듣곤 한다.

살아 있을 때 따뜻한 이야기를 한마디 더 해 주고 싶었지만 더는 그럴 수 없다. 평생 푸르며 영원할 것 같았던 직위나 많은 돈도 아무 소용이 없으니 후회하지 말고 즐기면서 건강하게 살아가자. 죽음 앞에서는 모두 잿빛으로 남을 뿐이다. 노령사회로 접어든 우리나라의 장례문화도 점차 발전하고 있지만, 젊은 사람들도 고독사로 세상을 등지는 경우가 있어서 사회적인 문제가 되고 있다. 죽은 지 너무 오래되어 피부가 녹아서 형상을 알아볼 수 없게 되면 가족이나 친지의 가슴은 무너진다.

최근 양수진 작가의 『이 별에서의 이별』이라는 책을 읽고 많은 생각을 하게 되었다. 불쌍하고 보잘것없이 죽어 가는 사람들이 늘어남에 따라서 인생을 정말 잘 살고 봐야겠다는 생각뿐이었다. 이 책만큼 많은 생각을 하게 한 책이 없다. 독자들에게도 이 책을 권한다. 대학교와 대학원을 졸업하고 장례지도사의 길로 접어든 여성을 새로운 눈으로 보게 되었다. 충격적인 내용을 여기서 밝히면 독자들이 책을 사서 읽지 않을 수도 있어서 생략한다.

누구든 기쁜 일이든 슬픈 일이든 찾아가서 축하고 위로하며 살자. 함께 기뻐하고 슬픔을 위로하는 것, 그게 사람답게 사는 것 같다.

작가의 입장에서

．

　나는 전업 작가는 아니지만, 살짝 발을 들이니 말 못 할 아쉬움이랄까, 참으로 말하기 민망한 것도 있었는데 이번 기회에 용기를 내 고백해 본다. 국문학이나 인문학을 전공한 이가 책을 냈다고 가정하자. 남들, 즉 독자들이 출간된 책을 알아주고 찾아 주어야 하는데도 그렇지 못한 책들이 세상에 얼마나 많이 출간되고 있겠는가? 하기야 나도 책을 쓰기 전까지는 지인이 책을 발간하면 그냥 한 권 얻어서 읽어 보고 싶어서 공짜로 한 권 달라고 한 적이 있었는데 지금 생각해 보면 작가에 대한 예의를 지키지 못한 것이었다.

단오의 추억 작약꽃 피는

책이 세상에 나오면 독자가 읽어 주어야 하는데 강아지 새끼가 그냥 하늘을 쳐다보듯이 하면 책을 출간하고도 창피한 생각이 머리를 떠나지 않을 것이다. 우리나라에는 약 75,000여 개의 출판사가 있고 매일 200여 권의 책이 나온다. 책이 인기를 얻자면 얼마나 좋은 내용으로 독자의 심금을 울려야 하겠는가. 이는 정말 어려운 일이다.

나의 처녀작인 『예순, 이제 겨우 청춘이다』는 1,000권을 발행해서 내가 700권을 갖고 300권은 출판사에서 판매했다. 내가 가진 700권은 모두 지인이나 서점, 도서관에 무료로 선물하였는데 이렇게 한 이유는 나의 책을 통해 아주 작은 공감대라도 얻거나 책을 읽는 순간이라도 나의 마음을 헤아리며 함께 추억에 젖었으면 했다. 예상과는 달리 뜻밖의 호응이 있어서 흐뭇했다.

2집 『우리 꽃길만 걷자』는 800권을 찍어 600권은 내가 가지고 200권은 출판사에서 판매했다. 내가 가진 600권의 책들도 처녀작과 마찬가지로 독서를 장려하기 위하여 지인들에게 선물하거나 전국의 서점들에 직접 우편으로 보냈다. 책을 받아서 감사나 정성의 표현으로 성의를 표한 분들이 있었는데,

그 돈은 받아서 은행에 모았다가 거제시에 거주하는 소년·소녀 가장들에게 사용하도록 거제시에 기부했다.

생각보다는 고마움을 표현하시는 분이 많지는 않았지만 그래도 많은 돈을 모을 수 있었다. 한 권을 받으면서 5만 원을 주신 분들도 있었고, 몇 만 원을 준 지인들도 있었는데 적은 돈이 모여 큰돈이 되는 원리도 경험했다. 출판사에서도 월말이면 수익금 일부를 입금했고, 의뢰한 서점에서도 입금을 해 주었다. 내가 책을 많이 읽어 보았지만 이러한 과정이나 원리를 설명한 사례는 찾아볼 수 없었다. 그래서 나는 지면을 빌려서 주요한 사항을 알리고자 한다.

▶ 작가가 책을 주면 빈말이라도 그냥 받지 말고 성의를 표하겠다고 이야기하자. 그러면 작가는 그 돈을 받으려 하지 않을 것이다. 그래서 호주머니에 돈이 없으면 그냥 넘어가라.

▶ 작가에게 직접 책에다 서명을 부탁하라.

▶ 책을 읽고 난 뒤 전화로 하든 따로 만나서든 읽은 내용을 이야기하라. 호평도 혹평도 좋다. 무반응보다 훨씬 낫다.

무관심은 미움보다도 나쁘기 때문이다.

▶ 책 속에 오타가 세 군데 있었다는 말을 해도 좋다. 왜냐하면 관심이 없는 것처럼 아예 말을 하지 않는 것보다는 낫기 때문이다. 오타를 발견해서 지적한다는 것은 그 책을 관심 있게 읽었다는 징표가 된다.

▶ 책을 받은 후 시간이 없거나 책이 재미없어서 아예 읽지 않고 책장에 넣어 둬 먼지만 쌓인 사례도 있을 것인데, 이럴 경우 빈말이라도 책을 잘 읽었다고 이야기하라. 책을 잘 읽었다고 이야기해 주는 것도 작가에게 힘과 용기를 준다.

생각과는 달리 작가들은 호주머니 사정이 좋지 않고 경제적으로 어려움을 겪고 있는 사람들이 많다. 그러나 자존심 때문에 그런 이야기를 하지 못할 뿐이다. 내가 이용하는 은행에 들러 책도 소개할 겸 과장에게 책을 한 권 선물했더니 사인해 달라고 해서 기쁜 마음으로 해 주었다. 계좌번호를 알려 달라 하더니 이내 오만 원을 이체해서 얼마나 고마웠는지 잊을 수가 없다. 사실 이런 사람이 많이 있어야 독서문화가 정착될

텐데 하는 아쉬움도 느꼈다.

　며칠 뒤 일이 있어서 그 은행을 찾아갔더니 은행 실적이 부진해 작은 적금이라도 들어 주면 고맙다고 해서 그 자리에서 적금을 가입했는데 이것이 사람 사는 정이 아닐까 생각했다. 하지만 나의 사정도 어려워 얼마 가지 않아서 적금을 해약해야 할지 모른다. 아이쿠, 미안해서 어쩐다?

　친구들도 많은 관심을 보였고 친척이나 지인들도 격려와 관심이 있었기에 지금 이 책을 쓰고 있다. 대부분 사람이 돈을 주고 책을 사고 싶어 하지 않는데, 책은 돈을 주고 구입해야 악착같이 읽지 않겠는가 하는 생각도 해 보았다. 그러나 대부분의 사람은 그냥 무료로 한 권 받아서 읽고 싶기만 할 뿐이다. 3집을 마지막으로 더는 책을 내지 않겠지만, 독자들은 작가의 속내를 헤아려 주었으면 한다. 이번 기회를 빌려 과감히 작가들의 고충과 고민을 소개했다. 다만 오해는 없기를 바란다.

　작가는 책을 선물하면 '그이가 책은 읽었을까? 어떤 반응이었을까?' 하는 궁금증으로 조마조마한데 아무 반응이 없으면 내심 서운한 마음이 든다. 책을 출판해도 주요 서점의 상단 가판대에 배열받기가 참으로 어렵다. 독자의 평이 좋으면 다행이지만 '뭐 이런 걸 책이라고 냈어?' 하는 소리를 들으면 쥐구멍에라도 들어가고 싶어질 것이다. 하지만 이런 냉담한 반응이 무서워 글쓰기를 포기하면 안 된다. 쓰고 싶은 용기나 마음이 생길 때 바로 펜을 잡고 쓰자. 내용이 미흡하고 잘못 쓰면 어떤가? 차일피일 미루다 보면 나이만 먹는다. 뇌에서 지령이 떨어지면 바로 움직여 보기 바란다.

때로 습작을 하다 보면 말이 되지 않아 내가 지금 무슨 이야기를 하는지 모를 때도 있다. 개의치 말고 과감하게 도전하면 된다. 글이야 고치면 그만이다. 글을 쓰고 싶은 충동이나 욕망이 생기는 날이 있는가 하면 단 한 줄의 글도 읽고 싶지 않을 때가 있다. 욕망이 생길 때 바로 펜을 들어 행동에 옮기는 것이 좋다. 새로운 생각이나 추억이 돋으면 백지에 끄적거리자. 누가 알겠는가. 훗날 이것이 모여 멋진 한 권의 책으로 탄생할지.

육십 줄을 넘고 보니 청춘 때보다 1년이 훌쩍 지나가는 것을 느낀다. 또한 기억력도 세월에 저당 잡히는 것을 느낀다. 그럴 때면 마음이 급해지고 이런저런 생각으로 괴로울 때가 있다. 아름다운 추억과 좋은 생각은 자신의 머릿속에만 있으니 타인과 나눌 수가 없다. 좋은 내용은 아끼지 말고 바깥 구경을 시켜서 이 사람 저 사람에게 선보이자. 내용이 부실하고 우스우면 어떤가. 괜찮다. 행동으로 옮겨 자신의 삶을 벗들과 공유하자. 추억과 생각이 활자로 나와 서점에서 팔린다는 것, 멋진 일이 아닌가.

일전에 친구의 동서라는 사람이 영문법 책을 발간하고 싶다고 자문을 구해서 상세한 설명을 두 차례 해 주었는데 아직까지 함흥차사다. 언젠가는 그분이 그 책을 세상에 선사할 날이 올 것을 기다리고 있다.

서울에 가다

대형 태풍이 올라오고 있었다. 토요일 근무를 하지 않는 날을 이용해 아내와 서울로 향했다. 서울의 아들 내외가 어떻게 사는지 보고 싶었다. 아들은 부산에서 직장 생활을 하다가 결혼 직전에 서울로 회사를 옮겼고 이번 방문은 우리 부부에겐 첫 신혼집 방문이다. 설레고 기뻤다. 며느리 자랑 같아 몇 번을 망설이다 살짝 공개한다.

♡ 며느리의 초대장

감사합니다. 어머니.

며느리 ○○입니다.

덕분에 행복한 신부가 되어 큰일 잘 치렀습니다.

감사합니다.

어머님의 사랑으로 자란 신랑은 볼수록 착하고 속 깊은 근사한 사람이네요

멋지게 키워 주셔서 감사합니다.

서두르지 않고 천천히 자연스럽게 서로 배려하며 살아가겠습니다.

응원해 주세요.

- ○○ 드림

사랑합니다. 이제 청춘 아버님.

며느리 ○○입니다.

아버님 덕분에 행복한 결혼식 치르고 신혼여행도 잘 다녀왔습니다.

감사합니다. 앞으로 서로 배려하여 행복하게 살겠습니다.

저희의 새로운 출발 많이 응원해 주세요.

- ○○ 드림

꽃길만 걸어요.

이제 '청춘'이나 '꽃길만 걸어요'는 나의 책 1, 2집의 제목에서 따온 며느리의 재치 있는 문구다. 서울 일정이 확정되자 놓칠세라 젊은 혈기에 1천 권 독서법을 출간하여 수도권에서 독서 클럽을 운영하는 전안나 작가와 만나기로 했다. 그런데 세상 넓고도 좁음을 다시 느꼈다. 전 작가의 집이 아들 내외의 집 근처에 있었다. 나는 나의 책 1, 2집을 각각 3권씩 종이봉투에 넣어 기분 좋게 출발했다.

비가 오는 가운데 우리 내외는 부푼 마을을 가슴에 안고 우등 고속버스에 올랐다. 우리 좌석 우측에 긴 생머리 여성이 홀로 앉았다. 그녀는 앉자마자 가방에서 책을 꺼내서 읽기 시작했는데 내가 왜 그리 기분이 좋았는지 모를 일이다. 버스든 지하철이든 사람 대부분이 휴대폰에 빠져 있어 책 읽는 사람은 새롭고 매력적으로 다가온다. 부인이 옆에 앉아 있었지만, 책을 읽는 그 여성의 모습은 아름답게 보여 곁눈질로 이따금 쳐다보기까지 했다. 그녀는 약 4시간 동안 책의 절반을 읽어 버렸다. 서울이나 부산의 지하철이나 버스에서 옛날과 달리 책을 읽는 사람을 보기 어렵게 되었다.

올 초에도 건강검진 차 서울행 버스에 올랐을 때 두 사람이 책을 읽고 있었는데 남자 여자가 각자 버스 여행이 끝날 때까지 책을 읽었다. 나는 전안나 작가에게 줄 책 6권을 가지고 있어 책을 읽던 여성에게 한 권 주고 싶어도 그리할 수 없어 아쉬웠다.

터미널에서 내려 지하철로 50여 분을 더 가야 했다. 지하철을 탈 때마다 헷갈리는 것은 자리 양보의 기준이다. 좌석이 비어서 내가 앉게 되면 나보다 머리가 더 하얀 사람이 내 앞에 선다. 이 양반이 나보다 나이가 많을까? 내가 자리를 양보해야 하나, 양보하면 오히려 기분 나빠 하지 않을까를 수없이 생각하게 된다. 나는 머리가 세진 않았지만 그들보다 더 나이 들어 보이기에 '에라 모르겠다!' 하며 그냥 자리에 태연히 앉아서 가는 경우가 있다. 어린 사람들도 휴대폰에만 빠져 있을 뿐 제 앞에 노약자가 서 있어도 자리를 양보하는 모습을 더는 보기 어렵다. 앞에 서 있는 사람이 가방이나 무거운 물건을 들고 있어도 무릎에 짐을 받아 주기도 어렵게 되었다. 가방 안에 현금이나 귀중품들이 있을 수도 있으니 오히려 짐을 달라고 하면 민망한 거절을 당하기 십상이다.

『일천 권 독서법』을 출간해 6쇄까지 마치고 2집의 편집까지 마친 워킹맘과 만나서 이야기를 하다 보니 다른 여성들과

는 남다른 면이 보였다. 그녀는 책을 사기 위해 회사 생활을
한다고 했다. 급여의 10%를 책을 사는 데 쓴다고 했다. 그
말을 듣고는 나 자신이 부끄러웠다. 여기저기에서 강의 주문
이 들어오고는 있지만, 전업 작가로 사는 것은 곤란하다는 이
야기에 나도 공감했다. 책 만 권이 팔려도 작가에게 주어지는
금액은 생각보다 적기 때문이다.

　지방에서 바다도 산도 보며 포근한 지역에 사는 나로서는
서울살이에 대해 이런 생각을 했다. 서울에서 박봉으로 생활
하며 과연 천정부지로 값이 뛰는 집을 살 수 있을까. 또한 저
렇게 많은 사람이 서울에 몰려 있는데, 도대체 뭐를 해서 먹
고 살아가는지 궁금하기도 하다. 천만 인구의 대소변은 어떻
게 처리하고 있는지, 아리수라 불리는 한강물로 서울시민에
대한 급수가 가능한지 등 이 모든 것이 내 호기심의 대상이
된다. 서울 생활은 돈 있으면 좋지만, 돈 없는 서민들은 너무
나 힘들지 않을까? 교통지옥과 미세먼지는 제쳐 두더라도 우
리 아들, 며느리가 삭막한 경쟁 속에서도 온전한 평안 속에
잘 살기를 기도한다.

　지방 아파트 4채를 팔아도 서울 아파트 한 채를 살 수 없
다는 등의 기사가 우릴 피곤하게 한다. 서울에서 아파트 한

채에 105억 원에 거래된 집이 있다고 한다. 서울에 살고 싶은
생각이 없어도 서울의 집 한 채 가지려고 하는 이들이 많기에
이런 괴이한 현상이 일어나는 것이 분명하다.

문상, 병상의 예의

상갓집에 가게 되면 잊지 말고 지켜야 하는 것들이 있는데 나열해 보고자 한다.

망자가 아무리 나이가 많이 들어 사망했어도 호상이라는 말은 하지 말아야 하며 웃는 모습을 보이거나 소리 내어 웃어서는 안 된다. 상주들은 가족의 갑작스러운 죽음이나 예견된 죽음이나, 모두 죽음 앞에서는 낙심하고 있기에 이를 먼저 헤아려야 한다.

또한 술 마실 때 건배하는 경우도 가끔 보는데, 피해야 할 일임에도 습관적으로 종이컵으로 건배를 한다. 장례식장에 너무 오랫동안 머물면서 이런저런 개인적인 이야기들을 오래 나누는 것도 피해야 한다. 조문객이 적을 경우에는 그나마 빈소를 지키는 것도 좋지만 문상객들이 많은 상가는 최대 30분 정도면 충분하다.

망자의 사망 경위에 대해 너무 깊게 물어보는 것도 피하는 것이 좋다. 자살했는지 지병이 있어서 죽었는지 등의 사연은 상주나 가족들이 이야기하면 들어 볼 일이다. 그러나 장지는 묻는 것이 좋다. 복장은 색깔이 화려한 옷은 피하되 가능하면 검정 정장이 좋겠지만, 다른 행사나 다른 곳을 갔다가 문상하는 경우는 빨간색이나 노란색 등의 화려한 옷만은 피하도록 하자.

병문안을 위해 병원에 갈 때는 전화기는 진동이나 무음으로 해놓자. 너무 오랜 시간 병실에서 머무는 일이 없도록 해야 하는데 병실을 함께 사용하는 환자 역시 배려해야 한다. 큰소리를 하며 병실에 머물게 되면 다른 환자에겐 고역이다. 짧은 시간에 병문안을 마치는 것이 좋다.

병실에서는 가능한 밝은 얼굴로 환자를 대하는 것이 좋

다. 너무 굳은 얼굴로 문안하면 입원한 환자들도 피곤해한다. 대수롭지 않게 여기면서 하는 말이나 행동이 환자에겐 또 다른 불쾌감이 될 수도 있기 때문에 조심해야 한다. 병에 대하여 마치 자기가 의사인 양 이야기하는 일도 없어야 한다.

가르쳐 주지 않는 것들의 소중함

생일날, 혹은 결혼기념일에 축하받을 곳이 없다면 내심 서운할 것이다. 오늘은 내 생일이다. 카톡엔 동생들과 제수 씨들로부터 축하 인사가 한꺼번에 계속 온다. 우연이라기엔 너무나 절묘한 시각에 쏟아지는 축하 메시지. 돈 들이지 않고 축하하는 것이 어쩌면 겸연쩍기도 하지만 그래도 용기를 내서 축하하는 것이 좋다. 글을 쓰는 이 순간에도 벗들에게 생일 축하 문자가 계속 들어오고 있다. 날이 덥기에 냉면이라도 한 그릇 대접하는 것으로 마음을 정하고 있는데 문자가 하나 더 왔다. '오늘 뭐 없소?'

외종사촌이나 고종사촌을 제외하곤 누나 형님이라고 부를 사람이 없는 나로서는 사촌 누나 형님이라도 있으면 하는 생각이 가끔 들기도 하는데, 못난 누나 형님이 있더라도 존칭해야 한다고 생각된다. 돈이 없다고, 또는 능력이 없다고 이런 존칭을 생략하는 것은 바람직하지 않다. 결혼하면 많은 이들이 존칭하지 않는데, 이를 보고 아쉬운 생각이 들기도 한다.

작은 예의범절과 정성이 인간에게 감동을 주고 관계를 더욱더 끈끈하게 만들기도 한다. 말로 하긴 모호하지만, 존칭을 생략하고 말을 놔 버리면 서운한 생각이 들 때가 있다. 상사나 연장자인 당신이 나이도 어리고 직책도 낮은 사람을 우연히 당신 차에 태워 갈 때 그 사람이 조수석이 아닌 뒷좌석에 앉으면 기분이 좋을 리 없다. 최소한의 예의는 지킬 줄 알아야 한다. 아직은 술을 따를 때도 상사나 연장자에게는 두 손으로 권하는 것이 예의인데 한 손으로 술을 받게 되면 그 자리에서 지적하기는 어렵지만 이런 사람과는 다시는 술자리를 하고 싶지 않다.

사람의 이름을 불러 주는 것도 좋은 예의다. 평소 김 부장, 박 대표님 이런 식으로 부르다 보면, 어떨 땐 그이의 이름이 기억나지 않는다. 만일 두 명의 지인이 있는데, A라는 사람은 나에게 또는 어떤 분야에 강한 관심을 보이고 B라는 사람이 그렇지 않다고 한다면 시간이 지날수록 이 두 사람과의 관계는 차이가 날 수밖에 없다. 나중에 여유가 생겨서 무언가를 더 주고 싶어도 관심이 없는 이에게는 마음이 덜 가는 게 인지상정이다. 그래서 매사에 적극성을 갖고 배우려고 노력하면서 관심을 보이는 자세가 필요하다.

사
투
리
로

인
한

고
통

1970년대 중반 무렵 나는 8주간의 신병훈련을 받았는데, 그 시절을 잊을 수 없다. 지금은 모르겠지만 당시 신병훈련소에서는 사투리 사용을 엄격하게 금지했다. 자라 오면서 사용했던 17여 년 동안의 언어를 뒤집어 표준말이라는 서울말을 쓴다는 것은 무리였다. 내무반의 규율도 엄했고 훈련도 고됐지만 배고픔은 정말 참기 어려웠다. 아무리 친한 동기라도 배고픔 앞에서는 나를 먼저 생각했던 그 시절은 이후의 인생에 큰 도움이 되었다.

당시에 동기 한 명이 영남 사투리를 지독하게 썼는데 영남

사람인 내가 들어도 우스웠다. 여름이었는데 교관은 그 친구
가 가져온 과실 보고서에 찍힌 도장을 보고 물었다.

"누가 여기에 도장 찍었어?"

그러자 그 친구가 이렇게 대답했다.

"교관님이 바로 여기에 찍어 줍디다."

'줍디다'라니. 바른말로 하면 물론 '찍어 주셨습니다.'이다.

이 '줍디다'가 발단이 되어 사투리를 군대에 와서도 사용한
다고 교관은 손바닥으로 그 친구의 얼굴을 내려쳤다. 그런데
교관이 때리면 때릴수록 더욱 당황하여 그 친구의 사투리는
방언 터지듯 튀어나왔다. 동기인 우리가 들어 봐도 무슨 저런
사투리가 있는가 하는 의구심이 들 정도였다. 자못 심각한 분
위기였지만, 눈물까지 흘리며 웃음을 참느라 혼이 났다. 당
시는 군대 내 폭력이 아주 심했다. 얼굴을 여러 번 두들겨 맞
고 나서 교관이 다시 물어보아도 이 친구는 "찍어 줍디다."라
고 말했다. 그날 이 친구는 교관에게 정말 '비 오는 날 먼지
나도록' 구르고 맞았다.

전역하고 한 30년 후에 군대 동기들 모임이 있었는데, 당
사자인 친구는 그 사건을 잊고 살아왔다고 했다. "줍디다"의
이야기보따리를 풀어놓으니 술자리는 웃음바다가 되었다. 어

릴 때 방학이라고 서울에서 친척이 내려와 서울말을 쓰면 배가 간지러울 정도로 웃었던 기억이 있다. 말씨도 부드럽지만 높낮이가 확실해서 시골 아이들인 우리에게는 외국어처럼 들렸다.

사투리로 인한 사건은 거기서 그치지 않았다. 훈련소를 수료하고 자대 배치를 받아 배치신고를 하는데 또 사투리가 문제였다. 고향에선 "안 그래여.", "그래여.", "뭐 뭐해여." 라고 말하곤 했는데, 배낭을 풀어 놓고 전입신고를 한 뒤 고참의 질문에 대답하는데 나도 모르게 "그래여, 안 그래여."라고 했다. 고참의 주먹이 바로 내 배로 날아왔다. 헉하고 숨이 막히며 참을 수 없는 고통에 바로 무릎을 꿇었다.

고참의 설명이 더 황당했다. 그는 영천 사람인데, 초등학교 시절에 김천에 놀러 갔다가 김천 아이들에게 많이 맞았다고 하며 내 고향이 김천과 가깝다는 게 그 이유였다. 정말 어이없고 황당한 일이었다. 그 양반이 그 사이에 하늘나라로 갔는지 살아 있는지는 모르지만, 혹시라도 이 글을 읽는다면 그때 일을 기억이나 하고 있을까? 나는 그의 이름까지 정확히 기억하고 있는데 말이다.

하기야 우리 고향 쪽 사람의 억양이 강해서 가끔 회식 자리에서 다른 손님이나 종업원들도 우리가 싸우는 줄 알고서 방문을 열었던 적도 있으니 좀 민망하긴 하다. 이제 더는 그 '~했어여'라는 사투리를 쓰지 않는다. 약 42년 전의 일이니 지금은 웃으며 말할 수 있지만, 당시 나에겐 매우 심각한 문제였다. 물론 그 고참에 대한 불타는 복수심으로 이 글을 쓰는 건 아니다. 그저 한번 웃어 보자고 한 말일 뿐이다.

눈 덮인 천국

1995년 겨울 나는 용인의 삼성 외국어생활관에서 2개월 반의 영어 교육을 받았다. 구정을 앞두고 나는 자가용을 몰아 서울에 있는 남동생 집으로 갔다. 당시에는 우리나라에 자동차가 그리 많지 않았다. 동생도 자가용이 없었다. 네 명의 가족이 고향으로 가자면 짐이 산더미였기에 동생 집에서 만나 가기로 했다. 동생네 짐을 챙겨 다시 고속도로에 접어들어 달리는데 눈이 내리기 시작했다. 남부 지방에서 살았던 나에겐 흩날리는 눈이 신기하기만 했다. 운전하면서도 마치 탁구공처럼 큰 눈을 맞자 나도 모르게 '야호, 야호'를 연발하며 심지어는 신음 소리까지 튀어나왔다.

기분은 좋았지만 눈이 너무 쏟아졌다. 문경새재의 오르막 길을 향하면서 차에 타고 있던 우리 다섯은 은근히 걱정하고 있었다. 문경새재는 산세가 험악해 미끄러지면 큰 사고로 이어지기 때문에 나 역시 속으론 걱정하고 있었다. 오르막길을 오르는데 도저히 더 오를 수 없었다. 결국 이러다가 도저히 갈 수가 없다고 판단하고 오던 길을 돌아가 경부고속도로로 차를 돌렸다. '야호, 야호' 하며 소리 지를 때가 좋았는데, 눈이 이제는 원수가 되었다. 소복소복 쌓인 눈에 온 천지가 하얗게 되어 버렸다.

어느새 해는 넘어가고 충주호 옆의 어두운 국도를 타고 있었다. 경사진 곳에서 브레이크를 밟았더니 차가 쭉 충주 호수 쪽으로 미끄러지는 것이 아닌가. 눈길이나 얼음길에선 엔진 브레이크를 사용해야지, 절대 브레이크를 밟으면 안 된다는 사실을 전혀 몰랐다. 인근 마을의 조그만 식당에 들러서 저녁 식사를 하고 나왔는데, 차바퀴에 체결되어 있던 스노체인이 사라졌다. 누군가 통째로 빼 간 것이다. "세상에 눈 빼먹을 것들" 하며 원망했고 한적한 시골이라 어디 스노체인을 구입할 만한 곳이 없었다. 조심스럽게 운전을 했는데 밤은 더 깊어져 우린 국도변 공터에 차를 세워 밤을 보내기로 했다. 시동을 끄고 이런저런 이야기로 시간을 보냈는데, 밤이 왜 그렇게도 긴지 잠도 오지 않을 뿐 아니라 추워서 죽을 지경이 되었다. 어느 사이 새벽이 되어서 닭 우는 소리가 들렸다. 잠을 제대로 자지 못하여 피곤이 밀려왔다.

고향 집에서는 부모님 그리고 아내와 아이가 우리들을 기다리고 있었는데 우리들은 그 긴 밤을 보내면서도 집에 전화할 생각을 아무도 하지 못했다. 당시는 휴대전화는 없어도 인근 주유소의 전화를 빌려 쓰면 될 일이었지만, 사람이 당황하면 마음마저 닫힌다는 것을 다음 날 고향에 가서 알게 되었다. 추운 차 안에서 밤을 꼬박 새고 다시 차를 몰아 경부고속도로를 타기 위해 길을 물어서 달리고 있는데, 바로 옆 철길이 보였지만 별생각 없이 지나쳤다. 눈이 너무 많이 쌓여서 온통 눈이 부셨다. 눈이 부시니 시야가 흐렸고 철로 건널목의 차단봉을 못 보고 지나갔다. 바로 '타닥' 하는 소리가 났고 철로를 지나자마자 저 멀리 기차가 요란한 경적을 울리며 달려오고 있었다. 정말 큰일 날 뻔했다.

차를 세워 상태를 확인하니 앞 유리 오른쪽 모퉁이에 작은 흠집만 있었다. 수리하지 않고 정말 오랫동안 달고 다녔던 기억이 난다. 수십 년을 운전하며 이 사고가 처음이자 마지막이었음을 고백한다. '철길 건널목 사고가 이래서 나는구나!' 혼자 생각을 하면서 조카들과 동생 내외에게도 무안하기만 했다. 만약 사고가 났더라면 큰 사고로 전국 방송에 나올 만한 뉴스였다. 당시는 내비게이션이 없어 지나가는 사람에게 길을 물어야 했는데, 차량의 숫자가 많지 않아서 길가에 차를 세우고 행인에게 묻는 것이 가능했다.

고향에 도착하니 온통 난리가 났다. 눈길에 우리가 모두 죽은 줄만 알았다며 눈물바람이다. 김천을 경유하여 문경까지 가는 길은 한결 가벼웠는데 왜 당시에 사정을 알릴 생각을 하지 못했을까. 사람이 궁하면 좋은 생각까지 없어진다는 사실을 당시에는 느끼지 못했다. 큰일이 터지더라도 무조건 침착하고 볼 일이다. 아버지 어머니 그리고 우리 가족에게 지금이라도 말하고 싶다.

"그때는 정말 미안했습니다. 용서해 주세요."

아버지께서는 어릴 때부터

남에게 피해를 주지 말 것과

어떤 사람도 때리지 말라는 말씀을

귀에 딱지가 앉도록 하셨다

원칙을 지키며 살아가야 한다

태풍 앞의 촛불처럼 되지 말고

올바르고 선하게 살 일이다

2장

태풍 앞의
촛불

돈, 돈, 돈을 모셔라

이 세상 두 눈 뜨고 있는 인간 중 돈 싫어하는 이가 어디 있을까? 내가 어릴 때 어머니께서 가끔 하신 말씀인데 돈을 벌기가 그만큼 어렵다는 뜻으로 나이 들면서 그 뜻이 진리임을 받아들일 수밖에 없다. 그까짓 것 건강하면 되지 돈은 무슨 필요가 있겠나 하면서도 정작 문제가 생기거나 어떤 일을 하고자 하면, 돈이 없으면 할 수 없는 것 또한 현실이니 부정할 수도 없는 노릇이다. '돈 앞에 장사 없다'는 말의 비정함을 나이 먹으며 더 크게 느끼곤 한다. 돈 때문에 감옥 가고 살인을 저지르고 부모 형제지간에 원수가 되는 일이 다반사라 그저 모른 체만 할 수 없는 일이 되고 말았다. 돈은 날개가 달린 것인지 벌려고 달려들면 더 멀리 도망가는 아주 요물 같은 존재임을 독자들도 깨달았을 것이다.

초등학교 3~4학년 때인, 1967년 3월 1일로 기억한다. 나와 동갑이면서 이미 오래전에 고인이 된 작은 집 아재가약 10리 떨어진 면 소재지로 농악 공연을 보러 가자 해서 난 17원을, 아제는 30원을 들고 무작정 걸었다. 삼일절 농악은 매년 있었지만 나는 첫 구경이었다. 행사장엔 아저씨, 아주머니, 할아버지, 할머니들이 둥글게 진을 치고 농악을 즐기고 있었다. 당시 우리는 키가 작아 목이 빠지라고 고개를 치켜들었지만 소용없었다. 오색선이 주렁주렁 달린 모자를 빙빙돌려 가면서 징과 꽹과리 그리고 북을 치면서 요란스레 춤을 추니까 관중들은 넋이 나간 듯이 보던 정경이 뚜렷하게 기억에 남았다.

동네 형님들은 자전거를 타고 와서 자전거 뒷짐판 위에 서서 구경하고 있었지만 우리에겐 안중에도 없었다. 어느덧 슬슬 배가 고파진 우리는 호떡을 몇 개 사 먹었지만 기별이 안왔다. 허기 때문에 집에 가고 싶은 생각밖에는 없었다. 다시 왔던 길을 걸었다. 당시는 마을마다 모진 청년들이 타지 마을의 아이들을 잡아 구타하는 시절이었다. 우리는 낯선 할아버지 할머니 뒤를 따라가면서 폭행의 올가미에서 빠져나올 수 있었다. 연기로 하나의 묘수를 부린 셈이다. 마냥 우리의 할아버지 할머니인 양 연기하며 굴레를 빠져나왔다.

돈을 나보다 더 많이 가져간 아제는 그나마 나보다 호떡을 더 많이 먹어 배가 덜 고픈 모양인데 나는 배가 고파서 정말 참을 수가 없었다. '배고프다'를 수백 번 말하며 걸어도 집으로 가는 10리 길은 왜 그리 멀었는지. 이른 봄이라 밭에 고구마, 감자는 물론 채소도 아직 돋지 않았을 때다. 강을 건너고 산을 넘고 넘어도 집은 가까워지지 않았다. 이렇게 걷다 죽을 것만 같았다. 어렸기에 보폭이 짧았고 허기로 잰걸음을 할 수도 없었다. 정신이 혼미해지기 시작하여 물이라도 실컷 마시고 싶었지만 가는 길엔 마실 물도 없었다. 강물은 죽어도 마시고 싶지 않았기에 온 세상이 귀찮게 보였다. 배가 너무 고프니 집에 가서 빵이나 쪄서 실컷 먹어야지 하는 생각이 머리에서 떠나지 않았다. 보이는 것이라고는 마른 풀잎과 누렇게 변한 산기슭뿐이라 도리가 없어 정말 죽을 지경이었다. 집에 가면 빵을 쪄서 배가 터지도록 먹어야지 아니면 밥을 엄청 많이 먹어야지 하면서도 논밭에서는 아무것도 찾을 수 없는 것이 왜 그렇게도 원망스러운지 세상이 다 미웠다.

간신히 집에 도착해서는 밥을 먹었는지 물을 마셨는지는 기억이 전혀 없다. 성장 과정에서 이런 배고픈 경험은 내 트라우마로 남았다. 나는 배고픔 하나만은 남만큼 참지를 못하는 사람이 되어 버렸다. 당시엔 부모님께 농악 구경 간다고 돈 달라는 이야기는 입 밖에 꺼낼 수 없었다. 보릿고개 때라 집안엔 돈이 한 푼도 없다는 것을 누구보다 잘 알고 있었다. 돈은 벌기는 힘들어도 쓰기는 너무 쉬운 것이라 더욱 돈 벌기가 어려운 것으로 생각하며 자라 왔다.

누구나 돈을 많이 벌어서 잘살고 싶어 한다. 하지만 돈을 벌려면 돈의 속성에 대해 잘 알아야 한다. 우선 돈은 깨끗한 상태로 지갑이나 금고에 보관해야 한다. 꾸겨서 지갑에 넣고 다니면 돈이 그 사람을 싫어한다. 쭈글쭈글하게 주머니에 넣어 다니지 말고 다리미로 깨끗이 다려 지갑에 순서대로 정갈하게 넣고 다니는 것이 좋다. 돈도 소홀히 하지 말고 대접해 주어야 한다.

명절마다 느끼는 것이지만 돈이 없으면 어른 노릇도 온전히 못 한다. 세뱃돈을 준비하지 못하고 세배를 받는 것은 어른 노릇이 아니라고 생각하기 때문이다. 세뱃돈도 없이 세배만 받는 어른에겐 아무리 어린 녀석들도 실망한다. 잘나갈 때 돈을 어느 정도 모아 두어야 늙어서도 어른 노릇을 할 수 있다. 조카 손자, 손주 심지어 부모님의 용돈까지 준비하자면 대가족의 경우 많은 돈이 필요하다.

내가 알고 있는 부자들은 적은 돈도 아낄 줄 알면서 지폐나 동전들을 소중하게 여긴다. 돈을 함부로 취급하는 일은 절대 없으며 무엇을 살 경우에도 아주 신중하게 생각한 뒤 결정한다. 부자는 돈의 지출을 매우 신중하게 하면서도 최대한 늦게 지출한다는 것도 알게 되었다. 부자들은 돈을 함부로 쓰지도 않지만 당연히 주어야 할 돈도 최대한 연장하며 지출을 늦추는 경우도 보았다. 최근 회사 경영이 어려워 땅을 팔았는데 돈이 있어도 제날짜에 잔금을 주지 않는 부자도 만났다. 이건 아니다 싶어 쓴소리도 했지만 돈이 전부가 아니니 그렇게는 살지 말기를 부자들에게 조언하고 싶다.

부모님께 용돈 드리는 방법은 많지만, 경우의 수는 대략 아래와 같을 것이다.

만날 때마다 일정하지 않은 액수를 현금으로 드린다.

매월 급료처럼 자동 이체하여 드린다.

돈이 생길 때마다 부정기적으로 통장으로 이체하여 드린다.

명절이나 생신 등 큰 행사가 있을 때만 드린다.

사람에 따라서 접근 방식에 차이가 있겠지만 여기에서 반드시 피해야 할 방법은 매월 급료처럼 자동 이체하여 드리는 것이다. 시골이든 도시든 이렇게 하면 부모님이나 조부모님은 아들딸 손주 자랑을 동네방네 이미 해버렸기 때문에 정기적으로 이체를 하다가 사정이 어려워서 못하게 될 경우엔 당신들의 실망도 커지게 되고 자녀는 면목이 없다. 우리 손주 잘 키워 놓았더니 용돈도 매월 보내 주더라고 이미 자랑을 한 것을 만회하는 길은 없기 때문에 정기적인 이체는 피하는 것이 좋다. 또한 정기 이체는 표가 나지 않고, 시간이 지나면 당연한 것이 되어 버린다.

사람이 늘 잘나갈 수 없고, 늘 비참할 수만도 없다. 상황이 나빠지는 경우를 대비해서라도 돈이 생길 때 용돈을 드리는 것이 좋다. 용돈을 끊은 자식이 옷 한 벌을 새롭게 사 입

촛 태
불 풍
앞
의

어도 예사롭게 보이지 않는 것도 빠뜨릴 수 없는 요소다. 만나서 용돈을 드릴 땐 지폐를 신권으로 바꿔서 봉투에 넣어 드리자. 돈은 요물 같아서 형제간에 돈거래는 피하는 것이 좋지만, 만약 빌려줘야 한다면 그냥 준다는 생각으로 빌려주어야 마음이 편하고 일이 잘못되어도 상처가 남지 않는다.

　돈이 많은 사람을 부자라고 부르는데 우리나라는 어찌 된 일인지 부자들이 존경받지 못한다. 모두 부자를 꿈꾸지만, 현실의 부자는 존중하지 않는 이율배반적인 마음이 있다. 모든 부자가 편법으로 돈 모으지는 않았는데 말이다. 부자를 멸시하고 존경하지 않는 사람은 부자가 되지 못한다. '부자들을 존경하고 부자가 되려고 노력하다 보니 어느새 나도 부자가 되어 있더라.'는 말이 있듯이 부자들을 가까이하고 그들의 생활 습성을 따라 하려 하면 도움이 된다. 그들이 왜 부자가 되었는지 깊이 연구하고 파헤쳐 볼 일이다.

　미국이나 유럽과 같은 나라에선 부자를 존중하고 부자들을 부러워하는데 우리나라는 부자들이 돈을 벌지 못하도록 시스템도 바꾸며 앞길을 막아 버리려 하니 쓴웃음이 나온다. 부자들이 돈을 쓰도록 해야 하는데 지갑을 닫아 버리도록 하는 데는 어이가 없다. 내 주위에 부자가 있어야 나도 부자가 되는 것인데 배가 살살 아프다고 여기니 이건 웃어야 할지 울어야 할지.

　최근에 미국 갑부가 한 말을 소개한다. 그는 언론사 기자와의 인터뷰 중 "사회를 위해 나 같은 부자에게는 세금을 더 걷어야 한다."고 말했다. 존경스럽지 않은가? 그렇다. 부자 중에서 지탄을 받아야 하는 이들은 세금을 포탈하거나 어떻게 해서라도 불법이나 편법으로 남의 돈을 강제로 아니면 더럽게 모은다. 세금이 연체된 부잣집을 국세청에서 급습하면 금, 보석은 물론이고 현찰이 집 안 구석구석에 처박혀 있다. 이런 뉴스를 지켜보면 우리와 같은 서민들은 정말 별의별 생각이 들기도 한다.

　그러나 정직하게 일한 존경받는 부자들. 그런 부자가 되고 싶으면 부자들이 하는 행동 하나하나를 배워야 한다고 생각한다. 물가는 오르고 월급은 줄어들어 자산은 늘어나지 않는다고 한숨만 쉬어서 무엇 하겠는가? 왜 부자들이 돈을 많이 벌었는지 책을 사서라도 연구해 볼 일이다. 돈이 돈을 벌게 할 방법을 연구하거나 돈을 많이 번 지인을 찾아가 조언을 구한 적은 있는가?

나는 적은 돈이 모여 큰돈이 된다고 철저하게 믿는 사람이다. 적은 돈을 아끼고 사랑해 큰돈을 모으는 경험을 지금도 하고 있다. 길가에 10원, 50원이 떨어져 있어도 줍지 않는 사람들도 있는데 작은 돈이 모여서 큰돈이 된다는 사실을 잊지 말아야 한다. 돼지저금통이라도 마련해 동전이라도 꾸준하게 모아 종잣돈을 만들어 보는 습관을 아이들에게 교육해 보자. 절약을 통한 작은 축적으로 더 많은 돈을 만드는 경제 경험은 장래에 큰 도움이 된다. 돈을 관리하며 돈을 사랑하는 마음을 어려서부터 가르쳐야 한다.

돈 벌려고 한다고 어디 돈이 벌리던가? 내 경험으론 선행하면 언젠가는 그만한 돈이 나의 곁으로 돌아오는 것을 한두 번만 겪지 않았다. 나는 가능하면 선행하며 살려고 한다. 노력하지 않고 우연히 손에 들어온 돈은 별 볼 일이 없이 사라지고 도움도 되지 않음을 이미 독자도 경험했을 것이다. 정말이지 열심히 일하여 땀을 흘려 번 돈이 진정 나의 돈이며 내 재산이다. 나이 먹어 어른이라곤 하지만 가진 것이 없으면 후대에게 어른 노릇을 할 수 없다. 나의 난실(蘭室)에 난이 가득 찼을 때는 상인들이 전화하거나 찾아오기도 했지만, 경기 하락으로 대부분 매각한 후에는 전화 한 통 오지 않는다. 서운함이 앞서지만 이것 또한 인생살이 아니겠는가. 내가 가진 것이 없는데 아무리 똑똑하다고 존경받기는 어려운 세상이 되었으니까.

많은 사람이 '죽을 때 수의에 돈 가져가는 것도 아니'라는 말을 쉽게 하지만 그래도 사람은 태어나서 열심히 일하고 정성껏 자산을 모아 놓고 세상을 하직해야 한다. 그래야 후손에게도 떳떳하고 사회에 기부할 수도 있다. 사회를 위해 좋은 일을 할 수 있고 불우한 사람들을 도와주는 일들도 있지만, 대개는 돈이 없어 그렇게 하지 못하는 경우가 더 많다. 모아 놓은 자산이 없으면 좋은 일도 하지 못한다.

지금 우리나라의 실업인구는 110만 명 이상이고 그 수 또한 점점 늘어 가는 추세다. 부자들의 호주머니를 열도록 해야 하는데 정부는 부자를 계속 쪼며 압박하고 있으니 경제는 더욱 어려워지는 것이 아닌가. 부자들이 돈을 쓰도록 해야 한다. 부자가 아닌 내가 이런 조언을 하는 것이 우습게 보일 수도 있지만, 나의 경험과 책에서 얻은 생각을 나열한 것이니 독자의 이해를 구한다. 부자들, 즉 자수성가한 사람들의 공통적인 특징을 살펴보면 다음과 같다.

신용이나 약속을 아주 중요하게 여긴다.

아무것도 없이 빈손으로 시작했다.

절약하는 정신이 몸에 배어 있다.

써야 할 곳에는 아끼지 않고 과감하게 쓴다.

신중히 선택하고 그 선택엔 아주 매섭게 집중한다.

부자가 되기 위한 목표를 약간 높게 잡고 절대 포기하지 않는다.

나는 영화를 그리 좋아하지 않았지만 고교 시절 〈여자의 이 아픔을〉이라는 영화를 보며 많은 눈물을 흘렸다. 주인공인 윤미라는 결혼해서 동생보다 못사는 반면 여동생은 대궐 같은 집에서 살며 집에 찾아온 언니를 무시하고 냉대한다. 영화를 보면서는 핍박받는 언니에 대한 연민을 느꼈지만, 극장을 나오면서는 사람은 잘살고 봐야겠다고 생각했다.

미국 인구 약 3억 명 중 백만장자는 3.5%에 속한다고 한다. 백만장자가 될 확률이 4,000분의 1이니까 엄청난 노력이 필요하다. 이들의 공통점은 고등교육을 받거나 특별히 머리

가 좋은 사람이 아니라는 점이다. 생활 방식이 소박한 사람들
이다. 작가들이 백만장자 1,000명을 대상으로 20여 년간 연
구한 결과를 보자.

> 첫째, 그들은 투철한 직업 정신으로 시장에서 경제적 소득을 실
> 현한 사람이다.
> 둘째, 저축을 생활화하는 사람들이다.
> 셋째, 지출을 줄이고 검소함을 실천한 사람들이다.

그들은 부모로부터 큰돈을 물려받지 않았으며 백만장자처
럼 행동하지도 않고 검소하게 옷을 입고 소박한 음식을 먹었
다고 한다. 우리는 지금부터 흉내라도 내 보자. 돈을 모으기
위해선 사고 싶은 욕망을 줄여야 하고 돈의 이치를 알아 대응
할 줄 알아야 한다. 궁핍하게 사는 이유는 간단하다. 수입보
다 지출이 많기 때문이다. 이를 각성하지 않으니 돈이 통장에
모일 리 없다. 버는 돈보다 쓰는 돈이 많은데 어찌 돈이 모일
수 있으며 부자가 될 수 있다는 말인가?

돈을 쓰고 싶은 욕망이 생기면 자기 자신과 싸워 이 욕망
을 분쇄해야 한다. 자기 분수를 모르고 마음대로 카드를 긁는

사람은 대개 궁핍하게 살게 된다. 욕망이 많을수록 소비가 늘어나게 되므로 절대로 부자가 될 수 없는 것이다. 지각도 매번 하는 사람이 하듯이 과소비를 하던 사람의 평균 지출이 크다는 사실을 기억하자. 호주머니에 돈은 없으면서도 평균적인 소비생활이나 체면치레를 놓치지 않는 이들이 이 악습에서 탈피하기란 매우 어렵다. 부자는 가까운 거리는 걷고 아무리 사소한 물건이라도 가격을 비교해 산다. 그들은 충동구매를 혐오하며 일관된 소비 패턴을 가지고 있다.

재래시장에서 고깃집을 운영하는 한 10억대 자산가(57세)는 돈이 금고에 쌓이기만 하면 하루에도 몇 차례씩 은행에 가서 입금하는 습관을 지녔다고 하는데 그 습관이 '오늘의 나'를 만들었다고 이야기한다. 처음에는 힘이 들었지만 돈 모으는 재미와 통장에 돈이 늘어나는 맛으로 20년 세월을 쉼 없이 달려왔고, 그 덕분에 비록 엄청난 부자는 아니지만 이제 남부럽지 않게 살고 있다고. 이 사람도 지난날을 생각하면 끔찍한 기분이 든다는데 미래에 대하여 막연하게 잘되겠지 하는 심정으로 살아왔다면 자신의 삶이 어떠했을지 눈앞이 캄캄해지더라는 것이다.

국민은행 경영연구소에서 펴낸『2015년 한국 부자 보고서』에 따르면 금융자산 10억 원 이상 인구는 약 18만 2천여 명이다. 20년 후에 뒤돌아보면 '10억 원도 돈이야?' 할지는 모르겠지만 현재 10억 원은 매우 큰돈이다. 10억 이상을 보유한 한국 부자들의 평균 금융자산은 1인당 22억 3천만 원으로 추정된다. 이는 전체 국민의 상위 0.35%가 가계 총 금융자산의 14.3%를 보유하고 있음을 뜻한다. 슈퍼 리치들은 빌딩이나 상가에 투자하고 있다. 갑부이면서 투자 전문가인 워런 버핏은 투자에서 가장 큰 위험은 자신이 무엇을 하는지 모르는 데서 오고, 자신이 무엇을 하는지 정확하게 알기 위하여 자기의 능력 한계를 벗어나지 않아야 한다고 지적한다. 하지만 많은 이들은 과도한 투자를 하거나 욕심을 억제하지 못해 망한다.

특히 준비 없는 노후에 대한 불안은 날이 갈수록 심해지고 있다. 벌어 놓은 돈은 없지 자식들은 부모의 재산을 노리고 있지. 아이들은 취업이 되지 않아 돈을 벌지 못하고 나이는 많아지는데 부모에게 의지해 살아가니 결혼도 할 수가 없고 결혼을 해서도 아기를 낳지 않으니 나라가 더욱 각박하게 되어 가는 것이 안타깝기만 하다. 상속도 사후가 아닌 자녀들이 필요로 하는 시점에 일정 부분 재산을 나누어 주려는 인식이 높아지는데 관련법을 잘 살펴서 탈세하는 일이 없어야 한다. 나중에 적발되면 큰돈을 물어야 한다는 점을 잊지 말고 원칙에 따라서 자녀들에게 상속해야 한다. 한국 부자 중 보유 자산을 자녀에게 상속 및 증여하겠다고 응답한 비중이 98.4%라고 하니 한국인의 자녀 사랑은 남다르다.

나는 부자가 되기 위해서는 어떤 계기나 그럴 만한 이유가 있어야 한다고 생각한다. TV에서 방영하는 〈서민갑부〉를 보면 그들 대부분이 사업의 실패를 맛보았던 이들이지만 결국 오뚝이처럼 재기를 거듭했고 결국 서민갑부로 부활했다. 돈이 없어 밥 먹듯 굶었거나 카드를 막지 못해 이곳저곳에서 빌려 해결했거나, 냉골에서 추운 겨울을 견디다 못해 자살까지 생각했던 이들이었다. 죽을힘이 있으면 그 힘으로 살아 보자고 마음먹고 다시 기회를 잡으려 발버둥 쳤던 사람들이 프로그램의 주인공이었다.

돈은 결코 우연히 생기지 않으며 우연히 생긴 돈은 쉽게 사라진다. 돈 때문에 아팠고 괴로워서 죽고 싶었고 돈에 목이 말라 보지 않았던 사람은 결코 돈을 만질 수 없다. 슈퍼 리치 8명이 세계 인구 절반가량의 부를 소유하고 있다고 한다.

부자는 더 큰 부자가 되고 가난한 사람들이 더 가난하게 되는 부익부빈익빈 현상은 해가 갈수록 심화되고 있다. 이들 슈퍼리치 8명 가운데 재산이 가장 많다는 빌 게이츠는 마이크로소프트(MS) 창업자로 750억 달러(약 88조 원)의 재산을 보유하고 있다.

최근에 조선 경기가 바닥을 쳐 회사엔 적자가 누적되고 있다. "아, 정말 이러다가 완전히 밑바닥 생활을 하지." 하는 걱정으로 연일 불면증에 시달리고 있다. 사업 망하는 것은 TV에서나 보아 왔는데, 이젠 남의 일이 아니라는 것을 뼈저리게 느끼고 있다. 아무리 발버둥 쳐 봐도 늘어나는 적자를 감당할 길이 없으니 돈에 대한 집착은 날이 갈수록 커져만 간다. 어디 하소연할 곳도 없어서 마음은 더욱 타들어 가고만 있다. 일본에서 가장 세금을 많이 낸 최고의 부자 사이토 히토리가 쓴 『부자의 운』이라는 책에는 부자가 되고 싶다는 씨를 심어 부자라는 열매를 맺기까지 최소 10년이 걸린다고 나온다.

세밀한 계획을 세워 부자의 길로 '들어서는 것'부터 도전하자. 부자들은 돈만 중요시하는 것이 아니라 책도 매우 귀하게 여겨 거실에는 TV 대신 책장을 배치해 책 읽는 분위기를 조성한다. 돈이 모이는 것에만 치중하지 않고 지식을 쌓아서 나의 것으로 만들며 돈과 사람을 함께 끌어들이는 능력을 기른다는 뜻이다. 『나는 쇼핑보다 부동산 투자가 좋다』의 작가인 이나금 회장은 갖은 실패를 거듭하고 빈털터리까지 되었다가 다시 일어서서 부자가 된 사람이다. 과거의 이런저런 일들이 솔직하게 기술되어 있어 큰 공감이 가기도 했다. 땅이나 집, 아니면 그림과 같이 돌아서서 바로 제값에 팔 수 있는 자산이 가치가 있는 것이 아닐까. 예를 들어 냉장고나 자동차, TV를 사서 얼마 후 되판다고 가정해 보자. 제값을 못 받는다. 그래서 마구잡이로 가전제품이나 차량을 구입하는 것은 재정에 도움이 되지 않는다.

바꿔야 살 수 있다

나는 삼성그룹 이건희 전 회장의 명언이 가끔 생각난다. 삼성 위기의 시절 그는 이렇게 말했다.

"마누라와 자식만 빼고 모두 바꿔라!"

명언이다. 누가 뭐라 하든 우리는 나의 좋지 못한 구태 의연한 생각이나 행동을 집어던지고 새롭게 태어나야 한다. "내가 최고다", "나는 나다"라고 해 본들 누가 알아주며 무슨 발전이 있겠는가. 내 단점이 무엇인지를 여러모로 분석하고 타인에게도 들어 보며 새롭게 태어나고자 노력해야 한다. 내 잘못은 스스로 온전히 볼 수 없으며 또한 잘못을 시인하고도 고치려 노력하는 사람은 극히 드물다. 그렇기 때문에 주위 사람의 구설에 오르고 가까웠던 이들도 하나둘씩 떨어져 간다. 내가 제일 잘났고 똑똑하다고 생각하기에 자신의 잘못된 언행을 고치려 하지 않는다. 잘못은 스스로 깨달아야 하지만 이 또한 어렵다. 친한 친구와 한잔 걸치며 자세를 낮춰 살짝 물어볼 일이다.

잘못된 언행은 빨리 고치는 것이 좋다. 부모가 자신을 바꾸지 않고 자녀들에게만 바꾸라고 이야기한들 소용없다. 책을 읽으라고 강요하지 말고 부모가 책 읽는 모습을 보이면 아이들은 따라 한다. 문제는 내가 바뀌어야 하는데 남을 바꾸려고만 하니 갈등만 생기고 개선은 되지 않는다는 점이다. 과거의 아집만 가지고 '내가 누군데'라는 생각으로 일을 추진하다 보면 온갖 곡절을 만나게 된다.

자기의 문제를 남에게 돌리는 사람, 시간을 지키지 않는 사람, 열정 없는 사람이 되어서는 안 된다. 생활을 잘 관리해 약속 시간에 일찍 나가는 것은 상대방을 존중하는 태도다. 과거의 내가 아닌 현재나 미래의 내가 되어야 한다. 왕년에 나는 똑똑하고 직책이 높았는데, 내가 옛적에는 한자리했는데. 이런 말은 미래를 위해선 아무런 쓸모가 없다. 현재에 집중하되 자신의 실력으로 검증해야 한다. 과오가 있다면 즉시 사과해 용서를 구해야 한다.

우리들이 아끼지 말고 사용해야 할 중요한 표현들을 살펴보자.

"정중히 사과합니다."
"정말 미안합니다."
"제 잘못입니다."
"이번 일은 모두 제 책임입니다."
"저의 실수입니다. 용서해 주십시오."

자신의 잘못은 조속히 시인하고 사과를 할 때 높이 쌓였던 담이 허물어진다. '왕년에 내가 누구였는데'가 이제는 아니다. 옛날의 나를 내려놓고 낮은 자세로 매사를 바라볼 일이다.

감사하는 마음

나는 감사하는 마음을 가지면 일이 잘 풀리고 또한 감사할 일이 생기는 것을 자주 경험했다. 아내에게 백 가지의 감사 이유를 적을 때 겸연쩍기도 하였지만 감사할 일을 자꾸 만들면 복이 따른다는 말에 크게 공감한다. 아주 작은 일에 감사하는 버릇을 들이면 감사할 일이 생기게 된다. 남이 나에게 감사한 일을 하면 반드시 감사함을 빠른 시간에 표현해야 하지만, 우린 쉽게 잊곤 한다. 내가 어려울 때 도와주는 사람은 정말 평생을 잊지 않고 그 은혜를 갚아야 하지만 갚기는커녕 고맙다는 인사 한마디 못하고 넘어가는 경우도 있다.

옛날에는 'Give and take', 즉 '주고받는다'라 했는데 이제는 'Give and forget', 즉 '주었다면 잊으라'고 하지 않던가. 준 것은 오래 기억하지 말고 받은 것만을 기억하라는 뜻이다. 내가 힘들고 어려울 때 도와준 사람이 진정으로 고마운 사람이며 친구다. 작은 것에도 감사함을 표현한 사람에게는 자꾸 도와주고 싶고 더욱 주고 싶은 것이 많아진다. 아무리 도와주고 베풀어 봐야 고마움을 느끼지 못하는 사람에게는 넘쳐나는 것이 있어도 주고 싶은 마음이 사라진다.

고마움을 느꼈을 때는 감사 표시도 빨리하는 하는 것이 좋다. 물질이 풍부한 시대에 살고 있으니 어지간한 것은 눈에 들어오지도 않고 고마움도 느끼지 못하는 것이 현실이다. 원수 같았던 사람이 도움을 주는 경우가 있고 정말 절친하다고 느끼고 있던 사람이 배신하는 경우도 허다하다. 작은 것을 소중하게 여기고 작은 것에도 감사함을 느끼는 좋은 사람으로 살아가 보자. 감사한 마음을 가져 보니 엔도르핀이 솟아나는 느낌을 받기도 한다. 식사할 때에도 감사하다고 생각하고 먹자. 감사하는 자세가 감사할 일을 만들어 내기도 한다. 즉 감사가 감사를 낳는 식이다.

요즘은 물질이 너무 풍족하니 마음에 차는 물건이나 선물이 많지 않다. 예를 들면 이렇다. 보릿고개가 있던 시절엔 정말 꽃이 귀했다. 우리 마을에도 봄이 되면 진달래(당시에는 참꽃이라고도 불렀다)가 피는 곳이 산에 세 곳뿐이었는데 씨앗이 날아가서 번식했는지는 알 수 없지만 지금은 온 산에 진달래다. 도로 옆이나 산과 들이 온통 꽃으로 가득하니 어지간한 꽃은 눈에 들어오지도 않을 뿐만 아니라 꽃을 아름답게 느끼는 마음도 훨씬 덜하게 되었다. 내가 잘살고 풍족할 때는 작은 도움은커녕 큰 도움도 고마움을 느끼지 못하고 산다. 비록 작은 배려나 물건일지라도 고마움을 느끼도록 노력해야 한다. 감사한 마음을 지니면 몸에 좋은 정기도 흐르는 것 같고 온몸에 엔도르핀이 도는 것 같다.

감사한 일이 있었을 때는 시간을 놓치지 말고 즉시 고마움을 표현하자. '감사합니다. 감사합니다.'를 하루에 몇 번이나 말을 하는지 한번 세어 보는 것도 좋은데 우리는 한 달 동안 거의 '감사합니다.'라는 말을 하지 않고 살고 있다. '감사합니다.'는 정말 좋은 선물이므로 자주 사용하자. 우리는 매일 많은 말을 하면서 살아가고 있는데 감사라는 말은 정말 귀한 말이다. 어떤 도움을 받았을 때 "감사합니다. 고맙습니다."라고 말하면 얼마나 좋은가. 고마운 일을 받으면서도 한 번도 고맙다고 표현하지 못한다면 이는 얼마나 서글픈 일인가.

돈 들지 않고 큰 노력이 필요 없는 말. '감사합니다. 고맙습니다.' 지금 연습하고 적절히 사용하자.

사과는 빨리 하라

우리는 살아가며 많은 죄를 짓지만 그것이 죄인 줄도 모르고 산다. 우리는 기계가 아니고 신도 아니므로 온갖 죄를 본인도 모르게 범하며 산다고 해도 틀린 말은 아니다. 실수도 할 수 있고 우연히 남에게 상처를 줄 수도 있지 않은가. 실수했다면 당사자에는 당장 사과를 하고 볼 일이다.

사과는 빠르면 빠를수록 좋다. 잘못해 놓고도 잘못이 없다고 우겨서도 안 될 것이고 그냥 넘어가서도 안 된다. 상대방은 밤잠을 설치고 몇 날을 괘씸히 여기며 평정심을 못 찾을 것을 생각하면, 즉시 사과하고 원래 상태로 돌아가려고 노력해야 한다. 싸우고 난 뒤 서로가 더욱 친숙해지는 경우가 많다.

잘못을 저질러 놓고도 잘못했는지를 모르는 사람도 문제다. 회사를 운영하면서 나는 남의 말의 본뜻을 못 알아듣는 관리자를 만나면 한숨이 나온다. 좋은 소식은 빨리 알리듯 사과도 빠를수록 좋다. 늦은 사과는 효과가 그만큼 떨어진다. 되도록 빨리 사과하자.

정직해지자

내가 이런 말을 할 자격은 없다고 생각하지만, 신뢰가 없는 사람은 어디에도 설 자리가 없음을 나이 먹을수록 많이 느낀다. 거짓말과 싸움, 그리고 도둑질은 하면 할수록 더 잘한다고 한다. 싸움도 많이 해 본 사람이 잘하는 것은 어릴 때 많이 보면서 자라 왔다. 키가 아무리 크고 몸집이 바위 같아도 싸움에 이력이 난 작은 체구의 아이에게 나가떨어지는 것을 보았던 기억도 난다.

좋은 것이든 나쁜 것이든 습관으로 체화되는 순간 '꾼'이 된다. 거짓이나 과장된 언행으로 당장에 환심을 살 순 있지만, 결국 그것이 재앙으로 돌아오는 것은 시간문제다. 언젠가는 탄로 나기 마련이다. 나 역시 아이들에게 정직을 매우 중요한 덕목으로 권하면서 살아가고 있다.

한 번 신뢰를 잃으면 회복하는 데는 엄청난 시간이 걸리고, 또한 애초의 신임을 찾기 어렵다. 정직한 사람은 당장은 손해를 보는 것 같지만 미래를 위한 좋은 토양을 쌓아 놓은 것이다. 정직해서 손해 보는 일은 없다. 그래서 어릴 때부터 정직하게 자랄 수 있도록 부모는 자식에게 꾸준히 교육하지 않는가. 작은 일에도 정직하자. 그렇게 매순간 정직하게 살려고 노력하자.

독서의 즐거움

지인들에게 책 읽기를 권유하면 많은 사람이 책 읽을 시간이 없다고 한다. 다독하는 사람이 들었을 땐 우스운 답이 아닐 수 없다. 나이가 든 사람이라면 눈이 아프거나 또는 기력이 없다고 한다면 그래도 양호하다. 나도 이젠 책을 오래 보면 눈이 따갑고 글씨가 보이지 않아서 애를 먹곤 한다. 시간이 없다고 핑계를 대는 사람들은 책을 읽고 싶지 않거나 독서의 중요성을 모르는 이들이다. 책을 읽고 싶다면 무조건 서점으로 달려가 진열된 책들을 한번 펼쳐 보기라도 하라. 서점에 들어가는 순간이 책과 친밀해지는 순간이다.

2018년 기준 등록된 출판사는 약 50,000개가 되는데 창업과 폐업이 거의 같은 비율이다. 국민이 책을 읽지 않으니 버틸 재간이 있겠는가. 매년 출간되는 단행본이 약 80,000권 정도이니 매일 약 220여 권의 책이 세상의 빛을 보는 셈이다. 수년이 지나도 한 권의 책도 읽지도 않는 우리의 모습을 자식이나 손주들이 보면 어떠할까. 우리는 읽지 않고 공부를 하지 않으면서 아이들에게 공부하라고 이야기할 수 있겠는가.

인간에게 독서만큼 좋은 도구가 없는데 우리는 이 원리나 이치를 깨닫지 못하며 그저 TV, 스마트폰, SNS에 중독되어 살아가고 있다. 활자가 싫다면 좋아하는 만화나 그림책도 좋으니 옆에 두고 살아가 보자. 쉬운 책부터 읽고 흥미를 느끼며 책과 가까이하는 습관을 붙여야 한다. 의자에 앉거나 소파에 누워서, 아니면 나무 그늘 아래에서 책 읽는 모습은 세상에서 가장 편하고 아름답게 보인다.

성공한 위인의 책을 읽으면 그들의 기술과 경험들을 통째로 집어삼킬 수 있다. 이 얼마나 좋은 방법인가. 그 사람들을 어떻게 만나서 직접 성공담을 들어 본단 말인가. 성공하려면 성공한 사람들 곁에서 살아 보는 것이 제일 좋지만 그렇게는 할 수 없으니 책으로 그들의 성공 사례들을 더듬어 보고 익혀 보는 것이 좋을 것이다. 침대에 누워서 책을 보다가 잠이 드는 모습도 아름답지만, 책을 읽으면 오지 않던 잠도 쉽게 와 일거양득이 되는 셈이다.

책 읽는 것에 부담을 느낄 필요는 없다. 틈을 내 몇 줄이라도 읽다 보면 어느새 책 속에 빠져드는 자신의 모습을 볼 수도 있다. 커피나 차를 마시면서도 책을 읽을 수 있고 심지어는 사람을 기다리는 시간에도 읽을 수 있는데, 책을 읽게 되면 본인도 모르게 지식을 쌓을 수 있다. TV와 같은 미디어 중독은 어떤 이에겐 담배 끊는 것처럼 어려운 일이다. 미디어를 보는 순간 뇌의 사고기능은 약해지고 특정 반응 기능만이 활발해진다. 책을 읽으며 중요한 곳은 밑줄을 치거나 메모에 남기는 것도 좋은 독서법이다. 내 경험으로는 독서를 많이 하면 안목이 넓어져 사고방식이 원만해지고 생각도 깊어진다. 다독하는 이들은 글도 남보다 잘 쓰고 좋은 논리와 감수성을 지니고 있다.

시작이 반이라고 했다. 난 오늘도 퇴근길에 서점에 들러 책을 고를 작정이다. 친구와 술 마시고 당구 치고 골프 하는 생활은 어떨까? 누워서 TV에 심취해 뒹굴뒹굴 자유롭게 살아가니 부러울 것이 없는 인생이 아닌가. 그런데 비싼 돈을 주고 책을 사서 눈도 아프고 허리도 아픈데 독서를 하느냐고 반문하는 사람도 꽤 있다. 나 역시 과거에는 그런 부류였으니까 이해 못하는 것은 아니다.

독서의 중요성을 모르는 사람이 스스로 책을 골라 읽는 것은 생애 첫 종교에 발을 딛는 것처럼 생소하고 어려운 일이다. 무신론자에게 특정 종교의 믿음을 전해 주기란 여간 어려운 일이 아니다. 중요성을 알아야 관심이라도 가져 볼 텐데 그게 말처럼 쉽지 않으니 말이다. 서점들이 문을 닫고 대형서점이 소형서점으로 축소되고 있다. 술값은 아깝지 않지만 책 사는 건 아깝다는 느낌. 나도 예전에는 없지는 않았다. 술값을 조금씩 아껴 책을 사는 것을 시작하자.

나는 우울한 날이면 책을 집어 들고 읽고 싶은 기분이 드는데, 우선 책을 집는 것으로 시작하는 것도 괜찮은 방법이다. 물론 어떨 때는 죽어도 책을 읽기가 싫다. 이런 날은 그냥 책을 멀리하면 그만이다. 망중한이 생기면 책을 집어 들고 몇 줄이라도 읽으면 된다. 내용이 무엇인지 몰라도 실망하지 말고 읽어 나가다 보면 이해되는 부분이 생기기 시작한다. 나와 맞는 책이 있고, 맞지 않는 내용도 있기 마련인데 읽다가 흥미를 느끼지 못하게 되면 덮어서 책꽂이에 넣어 두어도 좋다. 강박관념을 가질 필요가 없다.

꿀꿀한 날엔 책에 눈길을 주자. 책 속에서 성공한 이들의 성공 신화를 찾아 그들의 역경과 승리의 이야기에 빠져 체험하는 것은 '독자만의 특권'이다. 성공한 이들은 집념이 강하고 끈기가 있다. 결심했을 때의 실천력이 강한 이들이었음을 느끼곤 하는데 나는 스스로 부끄러움을 느끼곤 한다.

책을 두 권 출판하고 나서 처녀작 1,000권 중 200권은 출판사에서 관리했고 나머지 800권은 모두 지인들에게 선물로 주었다. 2집의 경우 지인이 책값을 주면 받아서 통장에 따로 입금했는데, 그 이유는 거제에 살고 있는 소녀·소년 가장들에게 지원하고 싶어서다. 그렇게 모은 돈 130만 원을 이체했다. 책 판매도 과거에 영업을 해 본 경력자가 잘한다고, 아내도 그렇고 나도 책 사 달라고 표현을 못하니 돈이 모이질 않았다. 책을 두 권이나 출판하고 보니 작가들의 실상을 이해하게 되었고 출판해서 생계를 유지하는 것이 얼마나 어려운 일인가를 절실하게 느끼기도 했다. 처녀작 전부를 선물했는데도 대부분의 사람이 2집도 무료로 받고 싶어 해 어쩔 도리가 없었다. 심지어 가족이나 친지들조차도 이렇게 생각했다. 애초부터 영업을 목적으로 한 출간이 아니었으니까 자연스러운 현상이었다.

부산에 사는 고향 친구는 독서를 한다 치고 책 세 권을 펼쳐 놓고 읽고 있다고 해서 서로가 많이도 웃었다. 무슨 자다가 봉창 두드리는 소리인가. 아무리 욕심이 나도 그렇지 세 권을 쭉 펼쳐 놓고 읽는다고 많이 읽을 수 있을까. 나도 한번 실험을 해 봐야겠노라 생각을 했지만 아직 시도하지 못하고 있다. 이 방법을 마구 평가해선 안 되겠지만 난 친구에게 "기발한 독서법이라며 특허를 내라"고 이야기해 한참을 웃었다.

주위에 책을 읽고서 평가를 주시는 분들이 있는데 특히 여성분들의 표현력과 어휘가 뛰어나서 놀라지 않을 수가 없었다. 이러한 평론은 모두 기록으로 남겨 두고 있는데 이것들만 모아도 책을 한 권 출간할 정도가 되었다.

많은 분들의 경우 책을 읽을 때는 새로운 상상을 하고 이야깃거리를 꺼내지만, 정작 글을 쓰려고 하니 막막해서 쓰지 못한다고 해서 안타까웠다. 글도 자꾸 쓰다 보면 표현력과 문장이 는다. 시작부터 해 보기 바란다. 원로 작가들도 새내기 문인에게 '무작정 쓰고 그다음에 고치라'고 조언한다지 않는가. 처음부터 잘 쓰는 이가 어디 있으며, 처음부터 독서 내공을 갖고 태어난 이들이 어디 있겠는가. 시작이 중요하므로 시작부터 하라고 권유한다.

성공한 사람 대부분이 독서광이다. 책 읽기가 어렵다는 이들은 많다. 시도해서 실패한다면 어쩔 수 없지만, 대부분은 시도조차 하지 않는다. 처음 책을 접하기가 어려워서 그렇지 한번 책과 친해지면 독서를 스스로 하게 된다. 나는 독서를 통해 정신이 맑아지는 것을 느꼈고 긍정적인 생각을 더 많이 하게 되었다. 매사를 긍정적인 눈으로 바라보게 되었고 실행하면 된다는 생각이 늘었다.

회사의 관리자나 직원들에게 9년 전부터 강조하는 말은 일관되다. 바로 경쟁력이다. 개인이든 가정이든 회사든 국가든, 자생력이 없으면 언젠가는 도태한다. 지금이 딱 그렇다. 중형 조선소와 자동차 회사를 비롯한 경쟁력이 없는 회사들이 법정 관리에 들어가 피해 본 이들이 연일 데모를 하고 고함치는 것을 보면 정말 안타깝다는 생각과 함께 남의 일이 아니라고 생각하게 된다. 하지만 가족과 지인을 동원해 시위한다고 달라질 것이 없어 보인다. 개인은 개인대로 제 몸값을 높이기 위하여 부단히 노력해야 한다. 가정이나 회사도 꾸준히 노력해 경쟁력을 확보해야 한다. 그저 그런대로 살아가다 보면 강자에게 먹히는데 이건 마치 인생의 정직한 법칙과도 같다.

생태계를 다룬 다큐멘터리를 보고 있으면 너무 아쉬운 것들이 많다. 아무리 몸집이 큰 동물도 머리가 나쁘니 작은 동물들에게 잡아먹힌다. 단합하면 모두가 살 수 있지만 그렇게 하지 못하고 흩어지니 느린 놈이나 갓 태어난 어린것들은 고목처럼 쓰러져 먹거리가 된다. 이후 뼈만 앙상하게 남겨진 장면을 남아프리카 동물의 세계에서 보고 있다. 바위 같은 코뿔소나 코끼리에게 사자 여러 놈이 목, 다리나 허벅지를 물어 죽인 후 온 가족이 달라붙어 식사하는 모습은 정말 가관이다. 어영부영하다가는 언제 도태될지도 모르니 잘되고 좋은 기회가 있을 때 부단히 노력하여 기술이나 부를 축적해 두어야 한다.

이렇게 하자면 독서만큼 좋은 도구는 없다. 영원한 것은

2
장

세상에 없다는 것도 자주 보아 왔다. 그러자면 위인이나 성공한 사람들의 책을 구입하여 그들의 기술이나 경험을 통째로 받도록 해야 한다. 이렇게 편하고 쉬운 독서를 왜 하지 않거나 못한다는 말인가. 책값을 아끼지 말고 투자하자. 나도 모르게 내가 변함을 느끼고 성장하게 될 것이다. 책을 읽고 싶은 마음이 생기지 않으면 신문의 사설이나 만화 아니면 뉴스거리를 몇 줄이라도 읽어 보는 습관을 들이는 것도 좋다.

나는 모든 지식은 책에서 나온다고 늘 생각해 왔다. 이제는 수시로 서점에 들러서 책을 집어 보는 것이 쉬워졌다. 성공한 사람들은 자기 수입 중 책값의 비중이 비교적 높은데 이는 독서의 이점이나 묘미를 이미 깨달았기 때문이다. 술과 담배를 줄여서라도 책 읽기를 시도하라고 권유하고 싶다.

책 읽기가 달나라 가기보다 더 어렵다고 생각했던 초등학교 시절에는 그래도 황순원의 『소낙비』를 읽으며 뛰는 가슴에 무척이나 흥미를 느꼈었고 『오성과 한음』을 통해선 형제들의 비상한 머리에 놀란 적이 있었는데 그때부터 독서에 취미를 쭉 가졌더라면 하는 아쉬움이 남아 있다. 당시에는 공부도 싫어했지만 책 읽기는 왜 그렇게도 싫어했는지 지금도 모를 일이다. 우선 먹는 것만 찾던 유아 시절이 까마득한 추억으로만 남아서 다행이라고 생각한다. 고구마나 땅콩을 구워 놓고 먹으면서 독서를 하면 즐거울 것으로 생각하지만 아직 그렇게 낭만적으로 독서를 한 적은 없다.

서점에 방문해 마음에 드는 책을 구입하여 꼭 순서대로 읽지 않아도 되며 읽다 말기를 반복해도 좋다. 우선 책과 친해지기 위해 책을 가까이에 두고 만지거나 보는 것부터 시작해야 한다. 술값, 옷값 등을 아껴서 내가 좋아하는 계통의 책들을 우선 구입해 보자. 책을 한 권 읽고 나서도 무슨 내용을 읽었는지 모를 경우도 있지만 읽는다는 체험이 중요하므로 너무 신경 쓸 필요는 없다. 나는 서점에서 깐깐하게 훑어보고 산 책을 집에 와서 읽다가 도대체 이 책을 내가 왜 샀지 하는 후회를 한 적도 있었다.

그리고 읽은 책은 나의 작은 서재에 보기 좋게 진열해 두고 책을 보면서 책과 친해지는 환경을 만들면 좋다. 자기 서재를 갖는다는 것은 뿌듯한 일이다. 사람을 잘 만나 성공하는 사람도 있지만 책 한 권을 잘 만나서 성공한 사람들도 있으니 책이 또 하나의 중요한 기회 요소다. 집에서 책과 친해지고 싶으면 TV를 멀리해야 한다. 음주 습관 역시 꾸준한 독서를 방해한다. 술 역시 중독성이 있는데, 한약을 복용하는 기간 끊어 보았더니 더는 술 생각이 들진 않았다. TV는 중독성이 있어 보면 더 보고 싶어지는데 이렇게 습관을 들이면 책 읽는 시간이 날 수 없다. TV는 정말 챙겨 봐야 할 프로그램이나 볼 일이다.

고향 인근 낙동강 건넛마을에 살고 계신 고모부가 계셨는데 여름 방학 때 방문하면 항상 누워서 책 읽고 계셨다. 나무베개를 친구 삼아 항상 누워서 세로로 조판된 책을 읽고 계셨는데 시골에서 일하지 않으시고 독서만 하시는 모습이 영 잊히질 않는다. 한 번도 책을 읽지 않으시고 그냥 계시는 모습을 본 적이 없다.

어떤 작가는 있어 보이기 위하여 독서를 한다고 하지만 독서는 우리의 생각을 긍정적인 틀로 바꾸어 준다. 『명심보감』에는 '한 권의 책을 읽는 사람은 두 권의 책을 읽는 사람에게 지배당한다.'라고 나온다. 일본의 유명 베스트셀러 작가는 19년 동안 780권의 저서를 냈고 5~6일에 한 권씩 책을 쓰고 있다. 물론 반론을 제기하는 사람도 있을 것이다. 전업 작가니까 가능하다고 말이다.

불가능에 가까운 필력의 바탕은 독서다. 많이 읽어야 좋은 책을 쓸 수 있다. 그렇다고 하루에 책을 10여 권씩 몰아 읽을 필요는 없다. 기회는 준비된 자의 것이라고 했다. 윈스턴 처칠은 책 읽을 시간이 없다면 최소한 만지고 쓰다듬으며 쳐다보기만이라도 했다고 한다. 바쁘더라도 짬짬이 시간을 내 한 달에 두 권 정도는 책을 꾸준하게 읽는 것이 좋다. 그러니 TV 시청 시간을 줄여야 책에 대한 집중력도 생긴다.

영국 런던에서 가장 오래된 핫차즈 서점은 1797년 설립되었다. 유서도 깊지만 그 아름다움도 유명하다. 한 저명한 인사는 이곳에 갈 때마다 가슴이 설렌단다. 그는 크리스마스 때만 되면 이 서점에 들르는데, 그땐 마치 성지순례자 같은 마음이 되며 배낭을 가지고 가지만 그것만으로는 모자라 별도의 큰 상자에 책을 담아서 집으로 택배를 보내야 할 만큼 책을 많이 산다. 보통 400달러어치가 넘는 책을 사곤 한다.

나는 어머니에게 항상 감사하게 생각한다. 어머니는 나를 독서광으로 키워 주셨다. 책 읽은 것만큼 내 삶에 행복을 준 것은 없다. 앞으로 남은 삶에서도 책이 내게 큰 행복을 줄 것이다.

책을 읽되 폭넓게 읽으라.

여러분이 고른 책들로 스스로 놀라게 하라.

깊게 읽어라.

자주 읽어라.

경쟁자보다 더 많이 읽어라.

메모하라.

요약하고 줄거리를 써 보자.

다른 사람들과 여러분이 읽은 내용에 대해 나누어라.

책 클럽을 만들고 책 클럽에 가입하라.

책은 읽고 또 읽어야 한다.

책 한 권을 잘 만나서 당신의 인생을 완전히 잘되는 방향으로 바꾸어 놓는다고 생각을 해 본 적이 있는가? 책 속의 한 줄 문장으로 경탄하며 삶을 바꿔 나가자. 호주머니에 돈이 생기면 무조건 서점으로 가서 한 권이라도 구입해 돌아오자. 술 한 병을 사는 대신 책을 구입해 읽지 않아도 좋으니 소파나 거실 어디에라도 두고 지내보자. 읽고 싶다는 생각이 날 때 한 줄이라도 읽어 보고 마음이 내키면 중요한 부분에 밑줄이라도 긋자.

나는 매년 제주도 서귀포에서 왈종미술관을 운영하며 그림을 그리고 골프도 즐기는 블루칩 작가인 이왈종 화백을 만나러 간다. 따뜻한 인품에 매번 만날 때마다 많은 것을 배워 오기 때문에 몇 개월 전부터 약속을 잡아 아내와 함께 가곤 했다. 화백님은 "골프는 백해무익하니 시작하지 말라."고 하셨다. 친구 두 명이 이미 병원 신세를 지고 있는데, 골프하다 뼈가 부러졌다는 것이다. 나는 배구선수였고 운동에는 뒤지지 않지만 골프에는 입문하지 않았다. 하지만 골프하는 모습을 그리는 국내 유일의 최고 화백이 골프를 멀리할 것을 당부하시니 골프의 해악과 좋은 점을 저울질하며 판단을 미룰 뿐이다.

백
년
계
획

　화장실에 있을 때나 또는 길을 걸을 때, 아니면 양치질을
할 때 문득 떠오르는 좋은 생각들은 잊기 전에 메모하고 볼
일이다. 이후에는 기억하지 못하는 보석 같은 아이디어가 될
수 있다. 문득 뇌리를 스치는 생각을 메모하는 습관이 언젠
가는 나에게 성공의 길로 안내해 줄지 모른다. 그러나 좋은
내용이나 가능성 있는 내용을 메모했더라도 중요한 것은 실
행이다. 이것을 연구하고 분석해 내 것으로 만들어 나가야
한다.

　지금 우리 사회에서 심각한 것이 우울증이나 자살과 도박

인데 여기에 암과 치매도 빠지면 서운하다고 함께하자고 아우성이니 큰일이다. 사람은 스트레스를 많이 받으면 세포 손상이 일어나고 이를 방치하면 각종 정서적·신체적 질환이 생긴다. 스트레스와 세로토닌은 상극이다. 세로토닌 결핍에 대한 대처법은 바로 세로토닌형 인간이 되는 것이라 한다.

> 첫째, 잘 씹어야 한다. 씹는 운동은 뇌관을 자극하여 세로토닌 분비를 촉진한다.
> 둘째, 잘 걸어야 한다. 가상 효율적인 시간은 30분이다. 이것만으로도 600칼로리가 소비된다고 한다.
> 셋째, 심호흡한다. 짧게 들이쉬고 천천히 내뱉는 세로토닌 호흡을 생활화해 보자.
> 네 번째는 섹스, 즉 성생활이고 마지막은 스킨십이다.

세로토닌 분비가 원활하면 정서적으로 안정된다. 사람이 정신병에 걸리면 병원에 가면 되는데 사회가 정신병에 걸리면 구성원 모두가 관심을 가지고 노력해야 고칠 수 있다. 따라서 운동이나 좋은 노래를 통해 건강을 챙겨 백 세까지 건강하게 살다가 아름답게 생을 마무리해야 한다. 노인요양병원에 병문안하러 가면 '아! 정말 나도 저렇게 구질구질하게 살면 안 되는데' 하면서 돌아오곤 한다. 속세에 묻히다 보면 중요한 것은 잊고 나쁜 습관이나 나쁜 음식들에 꼬여 대충 살아가게 된다. 건강할 때 건강을 지켜야 하지만 어디 말처럼 쉽던가.

나는 틈만 나면 걷는다. 이것도 나 자신과의 지독한 싸움이라고 생각한다. '오늘은 몸이 좀 피곤해서', '회식이 있어서', '미세 먼지가 있어서'. 이런저런 핑계를 대다 보면 운동할 날이 며칠 되지 않는다. 등산이 만병통치약이라고 말은 하지만 어디 쉬운 일이던가. 정체된 기를 잡아 주는 첫 번째가 걷기이다. 걸어야 병을 치유할 수 있다. 약을 사용하지 말고 기분 좋게 욕심을 버리며 참선하듯 천천히 걸으며 명상하는 것이 좋다.

산이 없으면 도로라도 건물을 친구 삼아서 걷도록 해 보자. 걷기는 비용이 들지 않는 공짜인데 왜 사람들은 걷기를 싫어해 대형마트의 주차장에서도 가장 입구와 가까운 곳에 주차하려고 경쟁하는 것일까. 먼 곳에 편안히게 주차하고 걸어서 화장실을 가거나 휴식을 취해 보자. 기와 에너지가 쌓이는 장기는 바로 간이다. 간이 악화되면 피로가 쉽게 찾아오고 피로가 쌓이면 이런저런 병들이 달라붙는다. 간을 보호하기 위하여 술도 쉬어 가면서 마셔야 하는데 현대인들은 매일같이 술을 마셔 간을 지치게 하고 있으니 성인병에 노출될 수밖에 없다.

『누우면 죽고 걸으면 산다』는 책을 읽은 적이 있다. 늙더라도 곱게 늙고 병 없이 늙어야 한다. 손이 게으른 사람은 가난해지고 손이 부지런한 사람은 부유해진다는 이야기를 들어 보았는데 손도 많이 움직여서 치매라도 물리쳐야 한다. 조금만 더 자야지, 조금만 더 눈을 붙여야지 하면 건강도 잃게 되고 부자 되는 것도 멀어지게 된다. 움직이는 것을 멈추지 말자.

장수촌의 비법은 노래와 춤을 즐기고 잘 웃는 것이라고 한다. 그들은 서로 의지하고 사랑하고 돕는다. 신선한 채소·과일·곡류들이 주식이며 육류는 특별한 날에만 섭취한다. 그렇게 소식을 생활화한다. 식사 시간에는 여럿이 함께 모여 오래 씹어 가며 천천히 먹는다. 그렇게 느긋하고 평화로운 마음을 가지고 살아가는 것이다. 90세, 아니 100세까지 자기 발로 걸어 다닐 수 있는 노인과 걷지 못하는 노인의 삶은 차이는 엄청나다. 병이 있으면서 장수하는 인생은 비참하다.

폐인이 되는 순간 모든 인생은 끝나게 되어 있다. 삶을 관리하지 않거나 건강을 관리하지 않는 사람을 폐인으로 간주할 수 있다. 일은 열심히 하지만 가정을 관리하지 않는 사람, 가족은 열심히 챙기지만 이웃이나 직장 동료들에게는 무관심한 사람, 상사에게는 충성스럽지만 부하 직원에게는 짐승같이 대하는 사람도 모두 정신적으로는 폐인이다. 자신의 삶을 사랑하지 않는 이들은 말년에 건강을 잃고 크게 후회한다.

건강할 때 건강을 지키고 부자일 때 자산을 지키는 현명한 사람이 되어야 한다. 인구절벽 문제가 심각한데 2030년이 되면 인구가 2만 명이 안 되는 지방 자치제가 27곳이 된다고 한다. 지금부터 대책을 수립해 놓지 않으면 안 된다. 길가에 아름다운 주유소가 개업했는데 얼마 되지 않아서 새 도로가 다른 쪽으로 나서 망하는 것을 본 적이 있다. 이처럼 미리 타산하고 계획하지 않으면 인생이든 사회든 큰 낭패를 당하는 수가 있다.

우리 부부는 자가용으로 고향에 계신 어머니를 모시고 서울 대형병원에서 진료를 마치고 서울스카이(제2롯데월드 전망대)로 모신 적이 있다. 123층에 올라가서 서울 시내를 구경

시켜 드리는 것으로 소망을 이루었는데, 다리와 허리가 불편하신 당신께선 부축을 받아야만 제대로 걸으실 수 있었다. 어머니의 야윈 어깨를 잡아 드리면서 많은 생각을 했던 밤이다.

자
기
계
발
서

세상에서 가장 무서운 것이 사업에 실패하거나 가난한 것
이 아니라 배우지 않는 것이라고 한다. 예전에는 글을 읽지
못하는 사람이 문맹이었지만 현재는 배우지 않는 사람을 문
맹이라고 여긴다. 특히 한국인의 경우 높은 교육열과 한글
덕분에 활자문맹은 거의 없지만 실제 그 내용을 이해하지 못
하는 지식(콘텐츠) 문맹이 많다고 한다. 한 분야에 3만 시간
을 투자하라는 말이 있는데 배움에는 끝이 없다. 급속하게
발전하는 세상에서 배움의 보자기를 놓는 순간 그대로 다른
사람들에게 들러리를 서게 되는 것은 당연한 일이다. 배움을

경영하기 위하여 인간이 갖춰야 할 몇 가지 덕목을 소개하고
자 한다.

목표를 만들어 내게 하는 힘, '가능성'

자만하지 않는 나를 만들어 주는 '겸손'

흔들리지 않게 나를 지켜 주는 '원칙'

운동정신으로 배우는 아름다운 '정열'

사라지지 않는 삶의 경쟁력 '태도'

재능을 이기는 유일한 방법 '가능성'

성공하고 싶은 전문 분야가 있으면 해당 분야의 책을 모
두 읽어 본다는 자세를 가져야 한다. 그렇게 힘들게 노력했음
에도 실패를 맛보았다면 모든 책임은 나에게 돌려야 한다. 이
순간 남의 핑계로 돌리면 결코 성공하지 못한다. 열심히 살려
고 하는 사람에게는 반드시 좋은 길이 열리게 되어 있음도 깨
닫게 된다. 전문 분야에 관한 서적을 읽어 가면서 지식을 쌓
아야 한다. 50권도 좋고 100권도 좋으니 나보다 먼저 쌓은 경
험으로 책으로 낸 그들의 기술을 익혀 보기 바란다.

까
마
귀
우
는
곳
에

우리는 정말 남이 의심할 만한 일도 해서는 안 된다. 의심이 미움을 사게 되고 사람과 사람 사이에 거리가 생겨서 더는 보기 싫어지는 최악의 일이 발생하기도 한다. 친구 잘못 사귀어서 신세를 망친 이들이 한두 명이 아니다. 백로처럼 흰 깨끗한 사람도 친구를 잘못 사귀거나 사람을 잘 못 만나 영영 헤어 나올 수 없는 길로 접어드는 것을 본다. 좋은 사람을 만나면 인생이 성공의 길로 접어들 수도 있고 성공을 하지는 못하더라도 점점 나아지는 삶을 살 수 있는 것이 진리인데 일순간의 잘못된 생각으로 나쁜 사람과 어울려서 인생을 망치는

2
장

것은 절대로 피해야 한다.

약 20여 년 전에 당진에 출장을 갔다가 온양에 들른 적이 있었다. 저녁 무렵 어느 식당 앞에서 검은 양복을 입은 청년들이 2열 횡대로 서서 일제히 허리를 90도 가까이 꺾어 인사하는 모습을 보고 놀란 적이 있다. 사회에 발을 잘못 들여놓은 젊은이들이 주먹으로 인생을 살아가는 모습은 당시 나에게는 충격적이었다.

지하철이나 역 부근에는 노숙자들이 마치 자기네의 집인 마냥 잠을 자거나 구걸을 하면서 살아가는데 사람은 편하면 편할수록 더욱 편하게 지내고 싶은 것과 같은 이치라고 생각한다. 땀 흘리고 노력하며 살아야 하는데 게으르게 살아도 대충 살아지니 일하기 싫고 장래의 희망도 없는 신세로 살아가게 되는 것이다. 이렇게 안락한 생활에 물이 들다 보면 일자리가 생겨도 일은 하기 싫어지고 하루하루를 그저 그렇게 살아가게 된다. 끼리끼리 모인다는 말은 이런 상황을 두고 하는 말인 것이 아닌지 모르겠다.

부자들은 부자들끼리 모여 살기 때문에 그 주위에서 사는 가난한 사람도 마치 부자로 보인다. 까마귀가 모여 있는 곳에 흰 백로가 곁에 있다고 생각해 보자. 백로는 백로끼리 까마귀는 까마귀끼리 모여 살아야 한다고 생각은 하지 않지만, 동료나 이웃 심지어 친구들이 잘돼야 나도 잘될 확률이 높아지니 잘되고 볼 일이다. 좋은 친구를 두면 좋은 사람이 될 것이고 나쁜 친구를 두면 그렇게 나쁜 물이 들 수도 있다. 사기꾼 주위에는 사기꾼이 있을 수 있고 성실한 사람 주위에는 성실한 사람이 있을 것이라고 생각한다. 부정적인 사람이 긍정적인 사람들과 어울리다 보면 본인도 모르게 긍정적인 사람이 될 수 있으니 좋은 사람, 즉 긍정적인 사람들과 어울리도록 노력하자.

용서는 아름답더라

예수께서는 자기를 세 번이나 배반한 베드로를 용서하셨다. 자기를 배반한 원수를 용서하는 것은 생각처럼 쉽지 않다. 부활절을 앞둔 성삼일 동안 애써 조용히 묵상하고 지내며 반성하면서 살기로 했지만 좀처럼 쉽지 않다. 예수님이 십자가에 못 박혀 돌아가시고 삼 일 후 부활하셨던 그 사건을 접할 때마다 눈물이 흐른다.

"너희는 깨어서 한 시간이라도 나와 함께 있어라."

의미가 결코 가볍지 않다. 실행하기는 더욱 어렵다.

나를 배반하고 나를 험담한 사람들, 나에게 모질게 했던 어머니, 아니면 아버지를 이 순간 용서하라는 좋은 말씀을 들었다. 우리가 용서해야 할 첫 번째 사람이 부모라는 말을 듣고서 놀라지 않을 수가 없었다. 부모는 생존해 계시든 하늘나라에 계시든 자식에게 최선을 다하였지만, 말이나 행동으로 자식과 원수가 되었거나 상처를 주었던 나의 부모들을 용서하라는 것이다. 어떤 사람은 어린 시절에 부모가 자신에게 모진 행동을 오래도록 가슴속에 담아 두기도 한다. 그래서 나는 아버지 또는 어머니를 용서한다고 큰 소리 내어 말하며 못난 자식을 이렇게 키워 주셨으니 감사한다는 말을 함께했다. 부모를 완전히 용서해야 성인이 되고 부모가 아니더라도 나에게 모욕을 준 사람들을 용서하고 이해해야 심신이 온전해진다는 말이 있다. 직장에서도 나의 자리를 탐내고 나를 중상모략한 동료나 선배를 용서하는 일이 어렵다.

나의 에세이 2집의『송사의 추억』에서 밝혔듯 1, 2심에서 승소한 나는 이제 변호인 비용을 받고자 배상을 받아 내야 하는 상황에 쓴웃음이 나왔지만, 1,300만 원이라는 큰돈을 다시 받게 되니 기분이 좋아졌다. 오랜 시간 법률로 싸우는 일은 스트레스의 연속이었다. 원고에게 전화를 걸어 이런저런 설명을 하고서 판결에 명시된 돈을 청구하겠다고 하니 살려 달라고 아우성이다. 지금 먹고살지도 못할 지경인데 죽은 사람 살린다고 생각하고 좀 용서해 달라는 것이다. 눈물을 흘리며 애걸하는 것을 보니 마음이 약해졌다. 하지만 나를 무고하고 몇 달간 법원으로 끌고 다녔던 그자의 악의가 떠올라 전액을 받아 내야 한다는 생각에는 변함이 없었다. 보상을 받게 되면 변호사에게 반을 주겠다고 했던 터라 원고의 요청을 쉽게 받아 줄 마음은 없었다. 생각해서 다시 연락 주겠다고 하며 전화를 끊었다.

며칠이 지나서 나는 다시 전화를 걸었다. 결국 없었던 것으로 하겠다고 말하자 수화기 넘어 터져 나오는 울음소리가 들렸다. 용서. 난 이때, 용서의 중요성과 용서를 하게 되면 마음이 편해지는 것을 절실히 느꼈다. 나더러 복받을 거라고 여러 차례 말을 해서 마음 한편은 뿌듯해졌다. 나도 불경기에 한 푼이라도 필요했지만 통 크게 용서하니 그는 내가 있는 이곳까지 내려와 인사를 하겠다고 했다. 이것도 내가 거절을 했

다. 시간이며 소요 경비며 부담을 주고 싶지 않았음에 이렇게
했는데 그가 용서의 아름다움을 느끼길 바랐다.

우리 서로 용서하면서 살아가자. 잘못에 대한 사과도 어
렵겠지만 용서 또한 쉬운 일이 아니다. 만일 지금 이 글을 보
고 있는 순간에 내가 원수로 생각하고 있는 사람이 있으면 잠
시 책을 놓고서 용서를 해 보자. "나는 형님 누구누구를, 동
생 누구누구를 용서할 것이다!"라고 외쳐 보자. 잘 안 되는
가? 그럼 탁주를 한잔 걸치고 해 보자.

2
장

좋은 글을 만나자

아주 오래전에 『늦기 전에』라는 글을 보았다. 많은 생각을 하게 만든 글이라 소개하고자 한다. 많은 자식이 공감하겠지만 작은 일상의 효도를 실행하지 못하는 이유는 먹고살기가 바빠서일 것이다. 물론 어려운 일이지만, 생각하면 우린 정작 중요한 일과 급한 일의 가치 순위를 온전히 매기지 못하고 있는 것인지도 모른다.

늦기 전에

뉘우칠 땐

그땐 이미 늦지요

살아 계실 때

하루 세끼 밥 먹듯이

하루 한 번은 전화라도 드리세요

나들이 갈 날짜 꼽기보다

틈나면 한걸음에 달려가

부모님 곁에서 보내고 오세요

고장 난 가전제품도 고치고

불편한 코드 대신 스위치 달아 드리고

소 잡아먹은 듯한 칼도 갈아 드리고

그렇게 돌아오세요

부모 보살핌에 지금 자식 있듯

이젠 자식이 부모 보살펴야지요

뉘우칠 때

그땐 이미 늦지요

목 놓아 울어도 소용없지요

김영삼 전 대통령은 생전에 마산(창원)에 계셨던 부친께 매일 안부 전화를 드렸다는 일화를 듣고 나는 정말 존경스럽다는 생각을 했었다. 이제 나의 부모님도 늙으셔서 거동이 불편하시니 허전한 생각이 들기도 한다. '소 잡아먹은 듯한 칼도 갈아 드리는', 아주 작은 일이지만 부모님께는 무척이나 필요했을 일을 못 해 드려 죄송스럽기만 하다. 그리고 세대가 내려갈수록 자신의 자식과 손주는 아끼지만, 부모님 돌보기를 귀찮게만 여기니 안타깝다. 이렇게 좋은 글이 주는 감동이나 느낌, 심지어 후회까지 참으로 우리의 생각을 바꿀 수 있다. 사람을 기분 좋게 하는 말들을 눈여겨보자.

용기를 북돋아 주는 말, 고마움을 표현하는 말, 격려나 응원하는 말, 묻고 관심을 보이는 말, 상냥한 말, 찬성하는 말, 반가운 인사 등 참으로 많다. 좋은 말, 좋은 글엔 이런 감동과 각성의 힘이 있다.

절대 포기하지 말자

진돗개를 키우면서 나는 많은 것을 배웠다. 진돗개는 짐승을 한번 물면 죽어야 놓는 성질을 가지고 있다. 끝까지 물고 늘어진다. 고양이나 닭 그리고 염소를 물면 그 동물이 죽어야 놓아준다. 이런 근성은 사업을 하거나 성공을 위해 노력하는 이들에겐 귀감이다. 생각하고 연구해서 한번 결정한 일은 실패해도 좋으니 끝까지 추진해 끝장 보는 것이 필요하다. 부자들이 성공하지 못한 이들을 보며 아쉽게 여기는 것이 있다. 가장 대표적인 것이 포기하는 것이라고 한다.

작은 예를 들어 보자. 만약 부자 되는 강좌를 듣게 되었다

면 한 번 끝까지 들어 보라는 것이다. 중간에 포기하니 중요
한 내용을 놓쳐 기회도 잃게 된다. 나의 경우 일본어 공부를
참으로 일찍 시작했는데, 공부를 하다가 중단하기를 수없이
반복했다. 중국어도 잘하면 중국에 파견 보낼까 봐 겁이 나서
중국어를 집어치운 적이 있는데, 두고두고 후회하고 있다.
당시 아들이 사춘기여서 내가 중국에 장기파견 나가면 제 엄
마에게 반항하고 교육에 문제가 될까 싶어서 고가로 구입한
중국어책과 테이프들을 고스란히 서랍 안에 집어넣고 말았
다. 나중에 학원이라도 다녀서 중국어만이라도 해 놓아야 했
는데 속된 말로 중국어는 빈털터리 처지다.

　호주 남성 닉 부이치치는 팔다리가 없이 태어났지만, 지
금은 중년으로 성장했다. 여덟 살 이후 세 번의 자살을 시도
했지만, 부모의 사랑으로 절망을 이겨 냈다. 그는 중·고등
학교를 다니며 학생회장을 했고 대학에서는 회계와 경영학을
공부했다. 스케이트보드를 타고 서핑을 하며 드럼을 즐겼다.
지금 그는 전 세계를 다니며 희망의 메시지를 전하고 있다.

　사람은 하찮은 일에 정력을 소비하는 경우가 있다. 피카
소는 단 한 가지 일, 즉 그림에만 자신의 에너지를 쏟았다.
그림을 위해 다른 모든 것을 포기할 것이며 거기엔 모든 사

람, 심지어는 나 자신도 포함된다고 말하곤 했다. 그는 사소한 일상으로 시간을 낭비하지 않았다. 집 안에 물건이 가득 차 더 이상 작품 활동을 하기 어려우면 그냥 다른 집으로 이사 갔다는 일화가 있을 정도다. 우리가 위인이라고 부르는 사람, 성공했다고 부러워하는 이들은 누구도 따라올 수 없는 엄청난 집중력으로 자기 일에 몰두했고 그 결과 명예와 부를 차지했다. 재능은 10배의 차이를 빚어내지만 집중은 1,000배의 차이를 만들어 낸다는 말이 있다.

'강한 자가 살아남는 것이 아니라 살아남는 자가 강한 것'이라는 말이 있다. 그렇다. 여기저기서 아우성이다. 회사들이 버틸 수가 없어서 폐업하고 소문도 없이 사라진다. 1980년대 동명목재가 도산해 그 회사의 사무용 책상을 가지러 간 적이 있었다. 서랍을 열어 보니 별의별 물건이 다 나와서 심경이 복잡했다. 도산한 회사의 비참함을 눈으로 직접 보면 그 참담함에 아득해진다.

무조건 잘되고 볼 일이다. 망하기 전에 밀착관리를 해서 도산되지 않도록 해야 한다. 일체의 변명도 하지 말고 모두 책임을 진다는 것은 말처럼 쉽지 않다. 성공한 사람의 공통점은 일의 결과에 대한 칭찬도 비난도 모두 받아들인다는 점이다. 실패한 사람들은 성공에 대한 칭찬과 고무의 말은 달게 듣지만, 문제가 생기면 운으로 돌리거나 남 탓하는 습성이 배어 있다. 성공한 사람은 인간관계에서도 당당하게 책임을 지지만 실패한 사람들은 수단과 방법을 가리지 않고 책임을 회피하려 한다. 정신적으로 건강한 사람은 책임도 잘 진다. 무책임한 사람들은 대부분 부정적이고 매사를 삐딱하게 본다.

아코르앰배서더코리아 호텔 사장인 권대욱 대표는 실패 없이 완벽한 인생을 살아온 것처럼 보이지만 삯바느질하는 홀어머니 밑에서 자란 전형적인 흙수저다. 대학에 입학할 때까지 공부방이 없어서 친척 집 등을 전전했고 대학 시절 내내 아르바이트를 하며 생계를 유지했다. 사업에 실패해 3년간 산속에서 자연인으로 살기도 했다. 전기도 수도도 없는 산속에서 보낸 3년이 오늘의 나를 만들었다고 했다. 또한 긍정적인 마음가짐이 성공의 원동력이었다고 밝힌다. 기업의 경쟁력도 행복한 직원에게서 나오고 직원이 행복하면 기업 실적은 자연스럽게 따라온다는 말이 있는데 나는 많은 부족함을 느끼고 있다.

태풍 앞의 촛불

나라를 주름잡던 대통령도 고위직 공무원도 교도소로 가고 있다. 죄를 지으면 벌을 받는 것이야 불변의 진리다. 남을 속이고 폭행하고 도둑질을 하고 사람을 죽이면 이에 상응하는 벌을 받아야 한다. 옛날에 왕처럼 군림하던 대통령도 포승줄에 묶여서 구치소로 향하는 모습을 서글프게 보지 않았던 국민이 있었을까. 높은 자리에 있을 때 잘해라. 돈이 있을 때 잘 관리해라. 참으로 많이 들었지만 실행은 어려웠던가 보다.

세상을 온통 뒤집어 놓은 미투운동. 성폭행으로 가정과

함께 자신이 쌓아 왔던 모든 것을 잃는 것을 보면서도 마음이 쓸쓸하기만 하다. 이들에게 법의 심판이 기다리고 있으니 죄지은 사람들이 밤잠을 제대로 잘 수 있을까. 이렇게 불면증이 찾아오게 되면 건강까지 잃는 비운이 기다리고 있다. 예를 들어 60세 넘은 사람이 30년형을 받았다면, 그냥 교도소에서 죽어야 한다. 이 연령대 사람은 많은 성인병을 가지고 있다. 약은 누가 구입해 주고 치료는 제대로 할 수 있을지. 선거법 위반으로 구속된 지인에게 면회 간 적이 있었는데 교도소 안에서도 돈이 없으면 살기가 벅차다고 한다. 그래서 면회 시에는 돈을 준비해서 가야 한다.

엄청난 비극이 기다리고 있는 범죄는 절대로 멀리해야 한다. 교도소에서 면회하면 수감자와 면회객 모두의 대화 내용이 기록되고 시간도 짧다. 문제는 법을 제대로 몰라서 본인 의사와 관계없이 죄를 뒤집어써서 두더지 같은 생활을 하는 사람도 있다는 것이다. 무엇이든 배우고 알아야 한다. 의도는 그것이 아니었지만 법에 저촉되어 구금되거나 벌금형으로 전과자가 되면 의식이 나쁜 방향으로 흐르게 된다.

아버지께서는 어릴 때부터 남에게 피해를 주지 말 것과 어떤 사람도 때리지 말라는 말씀을 귀에 딱지가 앉도록 하셨다. 그런 말을 듣고 자랐으니, 우리 남매는 누가 때리려고 하면 도망부터 쳤다. 그 광경을 본 친구들은 얼마나 웃었을까. 덩치가 큰 놈이 싸움이 싫어서 삼십육계 줄행랑을 놓다니. 지금 생각하면 그것이 최선의 방책이었다. 개미 떼처럼 많은 경호원의 경호를 받으며 나라를 통치하던 권력자도 법 앞에서는 무릎을 꿇는데 일반인이야 무슨 힘이 있겠는가. 죄를 지었으면 벌받을 각오를 하자.

나는 초기부터 한 잔의 술이라도 마시면 운전대를 잡지 않는 원칙은 빈틈없이 지키고 있다. 자랑할 일도 아닌 당연한 이야기다. 지금껏 자동차 사고를 한 번도 낸 적이 없어 자동차 보험료 또한 엄청 낮다. 만약 음주운전으로 사람을 다치게 하거나 죽였다면 얼마나 앞이 캄캄할까. 원칙을 지키며 살아가야 한다. 태풍 앞의 촛불처럼 되지 말고 올바르고 선하게 살 일이다. 물론 착하게 산다고 모든 일이 잘되는 것은 아니다. 착하고 성실하게 살아도 마른하늘에 날벼락이 떨어질 때가 있다. 벼락을 맞아도 냉정하게 대응해야지, 감정적으로 행동하면 법적으로 패할 수도 있다.

쓴 약 이 몸 에 좋 다 는 데

비싸고 좋은 약일수록 매우 쓰다. 약이 영 써도 병을 고치기 위해선 두 눈 감고 벌컥벌컥 마셔야 한다. 아주 어릴 때는 쓴 약 먹기가 고역이었는데 어른이 된 후에는 위가 단련되어 독한 술도 잘만 넘어간다. 몸이 부실하고 기력이 떨어지면 한약을 찾는 사람들이 있는데 나도 한약으로 몸을 보강하고 보니 역시 쓴 한약이나 양약들이 효과가 있음을 느꼈다.

약뿐 아니라 쓴소리도 몸에 좋지만 우리는 상대방이 기분 나빠하고 마음을 다칠까 싶어 이런 쓴소리를 마음속에 저축만 해 둔다. 회식 자리에서 지금도 본인 혼자만의 편안함을 즐기려 담배를 피우는 사람이 간혹 있는데 그냥 참을 것이 아니고 반드시 이야기해서 밖에 나가서 피우도록 해야 한다. 친목 모임에서 예의를 어겨 가며 코를 풀거나 두 다리를 쭉 뻗고서 식사하는 사람도 있는데 한소리 하고 볼 일이다. 특히 형제 자식 간에도 눈에 거슬리는 무례함을 볼 때가 있다. 역시 쓴소리를 해 줘야 한다. 후배나 선배의 좋지 못한 언행을 보게 되면 간접적으로 아니면 직접적으로라도 한마디 해서 경각심을 주어야 한다. 물론 말을 듣고도 고치지 못하는 사람이 있는데 이 경우 단체라면 분위기를 잡아야 하고, 사회라면 문화적으로 개선하려는 노력이 필요하다.

잘못하는 후배들을 보면 쓴소리를 하고 싶어서 입이 근질거릴 때가 있다. 나이를 먹으며 참는 힘도 늘어 그냥 넘기는 경우가 대부분이지만, 그래도 쓴소리를 하고 난 뒤 후회하곤 한다. "세 번 생각하고 말하라."는 말도 있지만 남에게 피해를 주는 일은 본인 스스로 노력해 고쳐야 한다. 오직 자신만 생각하는 이들도 많다. 선진국일수록 공동체를 위해 시민이 부단히 노력으로 아름답고 깨끗한 문화를 만들어 가는 것을 보곤 한다. 쓴소리를 듣기 전에 자기 자신의 어설픈 행동을 고쳐 나가도록 노력해야 한다.

살아가며 우리는 관계가 틀어질까 봐, 상대의 기분을 배려해 말을 아낄 때가 있다. 가령 경사스러운 결혼식장에 반바지에 지저분한 셔츠를 입고 식장을 찾았다고 생각해 보자. 좋은 옷은 아껴 두었다가 언제 입을 것인가. 이는 혼주에 대한 예의가 아님을 알아야 한다. 가장 좋은 옷과 좋은 신발을 신고 축하 자리에 참석하는 것은 기본이다. 스스로 알아서 할 일이지만 그래도 이를 지키지 않는 사람은 누구라도 이런 이야기를 해 주어야 한다.

천리길도 한 걸음부터

  너무 욕심내지 말고 차근차근 준비하여 무슨 일이든지 성공을 하고 봐야 한다. 청년 때 몸이 심하게 아팠던 적이 있었다. 그때 하신 아버지의 말씀을 지금도 간직하고 있다.

  "남을 부러워하지 말거라."

  그렇다! 나보다 잘난 사람과 비교만 하면 의욕도 없어지지만 그 자괴감은 운명을 뜻하지 않게 나쁜 쪽으로 이끌 수 있다. 나보다 못한 사람이 많다는 점도 잊지 말고 생각해 보아야 할 것이다. 나보다 돈이 많은 사람, 나보다 잘난 사람, 학벌이 좋은 사람 등 자신의 부족한 점만을 생각하면 무슨 일이든 포기를 준비하게 된다.

나는 시간이 허락하는 한 하루에 한 시간가량 제방 길을 걷는데 걷다가 보면 많은 것들이 눈에 들어온다. 어미 오리가 열두 마리의 새끼를 낳았다. 어미 뒤를 따르며 아장아장 걷는 새끼의 모습이 너무 귀엽다. 어미는 새끼를 보호하며 생존을 위한 훈련을 시킨다. 오리 새끼들이 어미 주위에서 헤엄치는 연습도 하고 먹이 쪼아 보는 연습도 하는 것이다.

오리들을 며칠 보지 못하다가 다시 만나면 어느덧 훌쩍 자라 있어 놀라곤 한다. 점점 자란 오리 새끼들이 깊은 냇가로 나가서 헤엄치는 연습에 몰두하면 어미 오리는 온 사방을 살피며 긴장을 놓지 않는다. 이는 적으로부터 새끼 오리들을 지키기 위함이다. 태어나서 몇 개월 후엔 나는 연습에 돌입하는데 처음에는 잘 날지 못하고 조금 날다가 뚝 떨어진다. 이 훈련을 계속하면 날아가는 것은 잘되는데 낙하할 때 자연스럽게 내리지 못하고 물 위 몇 미터를 쭉 미끄러진다.

나는 연습과 착지를 충분히 연습해야 비로소 성숙한 오리의 대열에 끼이게 되는데, 나는 이 과정이 사람에게도 적용되는 법칙이 아닐까 생각했다. 인간도 갓 태어나서 누워 있다가 뒤집기에 성공하고 엉금엉금 기고 앉고, 무엇을 잡고 일어서는 연습을 통해 걷는다. 동물 중에 인간은 서기까지 가장 오랜 시간이 걸린다고 한다. 부모로부터 온전히 독립하는 데 걸리는 시간 또한 가장 길다. 이렇게 성장했으니 우리 한 사람한 사람은 얼마나 귀한 존재인가.

인간은 사회적 존재이기 때문에 본능으론 살 수 없고 삶을 치열하게 기획하고 관리해야 온전히 살아갈 수 있다. 이 모든 것이 삶을 디자인하는 것이라고 본다. 늘 기획하는 사람의 습관이 바로 메모다. 언제 어떤 상황에서도 아이디어를 놓치지 않도록 메모장과 필기구를 늘 지참해야 한다. 종이가 없다면 카페의 티슈 위나 신문지 여백에라도 기록해 두어야 한다. 이 습관이 쌓여 더 좋은 생각이 조밀하게 완성되어 치밀한 기획이 탄생하는 것이다.

못하는 것이 무엇인가?

사회가 고도화되다 보니 한 가지만 잘하는 사람보다 다방면에 지식을 가지거나, 동시에 두 가지 이상의 일을 조밀하게 처리하는 멀티태스킹(다중작업) 능력이 인정받는다. 과거에는 한 분야의 전문가가 되거나 지식을 쌓으면 인기를 얻을 수 있었지만, 이제 그런 분야는 매우 드물다. 예술, 공학, 건강, 문학 등 수많은 분야를 두루 익혀 놓아서 지식을 듬뿍듬뿍 머리에 저장하고 다녀야 요긴하게 사용할 수 있다.

세상의 정보는 무한대이며 그 정보 모두를 기억할 순 없지만, 평소에 공부하고 독서하면 적어도 어떤 정보가 존재한다는 것을 알 수 있다. 이것이 사람의 운명에 큰 차이를 만들어 낸다. 병이면 병, 운동이면 운동, 자동차면 자동차에 관한 모든 중요 지식을 쌓아 두면 언젠가는 적절하게 빛을 발할 수 있다. 모르는 것이 없는 사람, 못하는 것이 없는 사람이 되기 위하여 부단한 노력을 아끼지 말아야 한다. 항상 배우는 자세로 나이와 상관없이 물어보고 공부해야 할 것이다. 모르는데도 창피해서 묻지 않고 어정쩡하게 넘어가다 나중에 더 큰 문제를 빚을 수 있다.

지금 사회에서 다재다능한 인간은 인문학적 인간이다. 특히 책 읽는 것을 소홀히 하지 말자. 술값은 아깝지 않은데 책을 사면 돈이 아깝다는 생각을 여러분들은 해 보지 않았는가? 저 사람 참으로 능력이 많아서 사위 삼고 싶어, 며느리로 들이고 싶어 하는 소리를 들으면 누구나 존재를 인정받는 것 같아 기분이 좋아진다.

좋은 말은
좋은 결과를 낳는다

배우자가 만취해 집에 들어서자 아내는 험악한 말을 쏟아낸다. 아내의 첫마디.

"지금 몇 시야? 꼭 당신이 2차, 3차까지 가는 이유가 있어?"

"손가락이 부러졌어? 왜 전화를 못 해? 혹시 딴 여자랑 있었던 거 아니야?"

순간 "정말 딴 여자랑 있고 싶게 만드네요."라고 소리치고 싶다.

부드러운 첫마디.

"당신 요즘 몸도 안 좋은 것 같은데 너무 많이 마시지 마세요."

"너무 늦지 말고요, 무슨 일이 생긴 건 아닌지 걱정된다고요."

"알았어. 앞으로는 자제할 테니 늦으면 기다리지 말고 자."라고 대답하고 싶다.

누구나 배우자와 싸울 때가 있다. 하지만 싸움에도 금도가 있다. 짜증이 나도 과거의 불만까지 다 꺼내 이야기하지 말자. 불평할 땐 자연스럽게 목소리가 커질 수 있는데, 톤을 조금 낮춰 이야기하자. 인격 모독이나 비난을 하지 말자. 아무리 흥분해도 이치에 맞지 않는 말은 하지 말자. 행복한 부부라도 배우자에 대한 불만이 없지는 않을 것인데 가능하면 참는 연습을 해야 한다. 행복한 부부들은 긍정적인 감정을 높이 세우고 부정적인 감정은 밑으로 집어넣는다. 잔소리도 많이 하면 자꾸 는다. 인문학 강좌로 꽤 유명한 한 교수는 이런 말을 했다.

태풍 앞의 촛불

"화목한 부부의 공통점이 하나 있는데, 바로 서로 말을 예쁘게 한다는 것이다. 이 언어는 말로 하는 언어와 몸짓과 눈빛으로 하는 언어 모두 포함된다."

즉, 언어가 사람의 사고와 관계에 미치는 힘이 얼마나 큰 것인지에 대한 이야기다.

할 수 없어도 할 수 있다고 말하자. 지금 "할 수 있다"고 말하지 않으면 영원히 기회는 없다. 우선 "할 수 있다"라고 말해야 한다. 그러나 "할 수 없다"라고는 말하지 말자. "할 수 없다"고 말하는 순간, 할 수 있는 가능성조차 사라지고 만다. 이 말은 세상에서 가장 나쁜 언어가 되기 때문에 "할 수 없다"라고 말하는 대신 "할 수 있다"라고 말하자. 어디에서 읽은 아주 내용이 깊은 일화를 소개한다.

1975년 어느 날 고 박정희 대통령이 현대건설 정주영 회장을 청와대로 불렀다. 오일 달러가 넘쳐나는 중동에서 건설공사를 할 수 있는지를 타진하기 위해서였다. 이미 교통부 장관을 비롯해 답사를 다녀온 이들은 날씨가 너무 더워서 일을 할 수 없고, 건설공사에 절대적으로 필요한 물이 없어서 불가능하다고 보고한 이후였다. 임무를 받고 한달음에 중동에 다녀온 정 회장은 대통령에게 이렇게 보고했다.

"중동은 이 세상에서 건설공사 하기에 제일 좋은 지역입니다."

"왜요?"

"1년에 열두 달 비가 오지 않으니 1년 내내 공사를 할 수 있고요"

"또요?"

"건설에 필요한 모래와 자갈이 현장에 깔려 있으니 자재 조달이 쉽고요."

"물은?'

"그거야 어디서든 실어 오면 되고요."

"50도나 되는 더위는?"

"낮에는 자고 밤에 시원해지면 그때 일하면 됩니다."

1970년대 중동 붐은 이렇게 시작해서 성공한 사례다. 좋은 말은 좋은 결과를 낳게 되니 말도 골라서 좋은 말을 사용하자. 우리는 지인을 만났을 때 인사말로 "잘 지내지?", "요즘 어떻게 지내?"를 묻는다. 이때 대부분 별생각 없이 답을 한다. 대답을 유형화하면 부정형, 평범형, 긍정형으로 나눌 수 있다.

부정형.

"정말 죽을 지경입니다." "별로입니다." "사는 것이 너무 힘듭니다."

평범형.

"그저 근근이 삽니다." "대충 지냅니다." "먹고는 살지요. 거기서 거깁니다."

설령 형편이 좋아도 바른 소리를 하지 않고 습관적으로 그저 그렇다고 이야기하곤 한다.

"좋습니다.", "대단합니다.", "덕분에 잘 살고 있습니다." "정말 잘 돌아가고 있습니다."

이런 말이 긍정형인데 이런 대답을 좀처럼 들을 수 없다. 이런 긍정적인 말에는 열정과 힘이 있는데 '잘 산다'고 한다고 돈 빌려 달라, 먹을 것을 달라고 하지 않을 것인데도 우리는 어느덧 '삶은 재미없고 고통스러운 것'처럼 이야기하며 산다.

위의 세 가지 유형 중 우린 어떤 유형인지 아니면 어떤 유형으로 살아가고 싶은지 선택하자. 성공한 인간과 실패한 사람은 말씨부터 다르다고 느낀다. 긍정적이고 성취나 희망적인 말을 하는 사람은 그 사람이 말한 그대로 성공하는 사람이 되기 쉽고, 항상 부정적인 말을 입에 달고 사는 사람은 무슨 일을 하더라도 실패하는 일들이 많아진다. 사고가 바뀌고 행동이 바뀌어도 나중에는 그 말이 씨앗이 되어 결과는 좋지 않게 다가온다.

모든 사람에게 공평하게 주어지는 것이 시간과 말이라 하는데, 우리는 말의 중요성을 잊은 채 살아간다. 아이는 말을 먹고 자란다는 이야기가 있듯이 어떤 말을 듣고 자랐는지에 따라서 그 사람의 운명이 달라질 수 있고 그 결실 또한 달라질 수 있으니 자식들이나 손주에게도 좋은 말만 할 수 있는 어른이 되어야 한다.

미국의 어느 교도소의 재소자에 대한 통계가 흥미롭다. 제소자 중 90%가량이 부모로부터 "너 같은 녀석은 결국 교도소에 갈 거야."라는 말을 들으며 자랐다고 한다. 괴테는 이렇게 말했다.

"인간은 보이는 대로 대접하면 결국 그보다 못한 사람을 만들지만, 잠재력을 보고 대접하면 그보다 큰 사람이 된다."

그러므로 우리는 늘 희망적인 말을 습관화해야 한다. 특히 자녀들에게는 격려의 말이 보약이 된다는 사실을 한시도 잊어서는 안 된다.

감동적인 일화를 하나 소개한다. 미국의 존스 홉킨스 병원의 소아신경외과 과장인 벤 카슨은 세계 최초로 샴쌍둥이 분리 수술에 성공한 의사다. 우리나라에도 소개된 『크게 생각하라』의 저자인 그는 흑인 빈민가 출신의 열등생에서 세계 최고의 소아과 의사로 성공하여 오늘을 살아가는 젊은이들에게 꿈과 희망을 주고 있다. 하루는 그에게 물었다.

"오늘 당신을 만들어 준 것은 무엇입니까?"

"나의 어머니 쇼냐 카슨 덕분입니다. 어머니는 내가 늘 꼴찌를 하면서 흑인이라고 따돌림당할 때 '벤, 넌 마음만 먹으면 무엇이든지 할 수 있어! 노력만 하면 할 수 있어!'라는 말을 끊임없이 하시며 내게 격려와 용기를 주었습니다."

이처럼 큰 인물들 뒤에는 그들을 먹여 키운 격려의 말이 있다. 나는 정말 누구에게 격려의 말을 했고 격려의 말을 하면서 살고 있는지 생각해 보아야 한다. 내 삶을 바꾼 칭찬 한마디, "우리 딸, 못하는 것이 없네!"라는 말을 어릴 때부터 자주 사용하던 가정에서 자란 그 소녀가 커서 성공한 사례를 보면 알 수 있듯이 나도 이제부터라도 좋은 말만 골라서 해야겠다고 다짐한다.

2
장

쓸모없는 걱정들을 버려라

우리들은 오만가지 걱정을 안고 산다. 걱정한다고 해결될 일도 아니지만, 불필요한 걱정이 대부분이다. 그저 닥치면 생각하고 부딪힐 수밖에 없다. 또 어떤 걱정은 아예 일어나지 않거나, 일어나더라도 자연스레 해결되기도 한다. 물론 어떤 걱정은 해결할 수 없는 것도 있다. 아마 대부분 사람의 걱정은 미래에 대한 불안감일 것이다. 그리고 자녀의 앞날에 대한 걱정과 가족의 질병에 대한 것이다. 돈 걱정, 자식 걱정, 건강 걱정이다. 사람을 불안하게 만드는 것은 그 사건의 실체라기보다, 다가올 재앙에 대한 두려움이라고 한다. 군기도 엄하고 숨 쉬는 것조차 긴장했던 군대 시절에도 '거꾸로 매달아 놓아도 국방부 시계는 간다'며 위로하곤 했다. 혹독했던 시련도 지나고 나면 추억이다. 결국 어떤 엄혹한 시련도 다 지나간다.

젊은 시절 여름휴가 때 아들과 바다에서 물놀이를 하면서도 나는 걱정을 했다. 휴가가 이제 막 시작되었지만, 나는 휴가가 끝나고 다시 시작되는 회사 생활과 상사에 대한 걱정으로 스트레스를 받았다. 지금 생각하면 참으로 부질없는 걱정을 했던 것 같다. 그 당시 스트레스가 얼마나 심했던지, 지금도 가끔 바닷가에서 아이는 즐겁게 뛰는데 나 홀로 어두운 표정으로 있었던 모습이 생각난다.

너무 걱정하지 말고 살자. 지나간 일이라면 되돌릴 수 없으니 걱정할 필요 없고, 다가올 일이라면 어차피 올 일이니 그때 부딪히면 그만이다. 나 역시 조선업 불황에 직격탄을 맞아 매달 금융 이자에 각종 임금과 고용보험료를 마련하느라 휘청거리며 생존의 가느다란 외줄을 타고 있지만, 이제는 일상이 되어 걱정이 아니라 계산하며 대비하고 있을 뿐이다. 걱정은 건강에도 안 좋은데, 건강만은 지켜야 하지 않겠는가?

꾸물대지 말고
즉시 시행하자

    무슨 일이든지 해 보고 후회하는 것이 낫다. 해 보지도 않으면 나중에 큰 후회가 남고 기회도 놓치게 된다. 나는 거제에 37년을 살면서 통영의 사량도라는 섬을 가려 마음먹었지만, 매번 이런저런 일들로 미뤄 왔다. 이번 여름 드디어 부부 동반 여행으로 사량도를 다녀왔다. 경관이 매우 뛰어나서 이곳에 오길 참 잘했다는 생각을 현지에서 여러 번 했다. 누구도 시간을 거스를 수 없기에 마음먹은 것을 실행하는 사람은 그렇지 않은 사람보다 더 많은 기회를 얻는다.

    총각이라면 아름다운 아가씨가 나타났을 때 좋다는 생각

이 들면 바로 접근해야지 이것저것 따지다 보면 그 여인은 이미 다른 남자 곁에 있다. 아무것도 하지 않으면 실패하지 않지만, 더욱 나쁜 것은 실패를 통해 좋은 경험조차 얻지 못한다는 점이다. 그래서 인생에서 피해야 할 자세가 바로 '부동 자세'다. 성공한 사람은 어떤 일이 좋다고 생각하면 바로 하이에나가 공격하듯이 행동에 옮긴다.

우리는 일 년에 큰 명절을 두 번 맞이한다. 구정이 되면 날이 추워서 제사를 지내고 난 뒤 성묘하지 않는 집도 많다. 한가위에는 제사를 지낸 뒤 아름다운 옷을 입고서 조상의 묘소에서 성묘한다. 이 시기에 절을 올리면서 '나는 성공한 인생인가, 실패한 인간인가. 아니면 그저 그렇게 사는 후대인가' 생각한다. 옆집 차남이 출세했다, 뒷집은 객지에 나가서 건물도 사고 땅도 사고 돈을 많이 벌어서 부자가 되었다는 소식을 듣는다.

실패를 통해 배우고, 배우면서 성공하는데 우리들은 그렇게 하지 못하거나 하려고도 하지 않는다. 『부의 추월차선』 저자인 엠제이드마코라는 "나는 아무것도 시도하지 않은 것을 후회하느니 실패를 후회하는 삶을 살겠다."라고 역설했다.

그렇다. 실패했던 사람이 성공도 하게 된다.

내 책 1집인 『예순 이제 겨우 청춘이다』에서도 밝혔듯이 나의 그림 수준은 초등학생보다 못하지만, 미술에 대한 관심과 열정이 높아 우리나라 최고의 화백을 한번 만나 보고자 늘 생각했다. 불현듯 실행에 옮겨야 한다고 생각한 뒤 화랑협회는 물론이고 미술관 등에 직접 연락을 해서 간신히 이왈종 선생님의 서울집 전화번호를 얻었다. 15년 전에는 개인정보 보호법이 없었을 때라서 가능했다. 그렇게 통화가 성사되었고, 나의 집요한 요청으로 우리 부부와 인연을 맺어 일 년에 한 번 정도 만나 제주도 서귀포에 있는 왈종미술관에서 그림 감상도 하고 식사도 하면서 살아가고 있다.

그래서 하고 싶은 일이 생기면 계획을 수립하여 즉시 시행해 보기를 권하고 싶다. 마음먹고 행하면 다 이루어지는 것도 깨달았다. 꿈만 꾸어서도 안 되고 미루어서도 안 된다. 결행할 때가 있다면 바로 지금이다.

나의 책을 만들자

『콰이어트(Quiet)』는 뉴욕타임스의 베스트셀러에 4년이나 올랐던 수전 케인의 작품이다. 수전 케인은 〈TED〉라는 프로그램의 초청을 받아 이 책에 대해 강의했는데, 빌 게이츠는 가장 좋아하는 동영상으로 추천하기도 했다. 이 동영상은 지금까지 1,700만 회가 넘는 조회 수를 기록했다. 수전 케인은 첫 책 『콰이어트』를 쓰는 데 7년이 걸렸으며 초고(초벌로 쓴 원고)를 출판사에 보내기까지 꼬박 2년이 걸렸다고 한다. 이렇게 보낸 초고에 대하여 출판사에서는 썩 매력적이지 않으니 처음부터 다시 시작해서 제대로 써 보라는 제의를 했다.

2
장

그녀는 사람들이 가진 기질을 있는 그대로 받아들이며, 독립한 자신의 존재를 인정할 것을 권했다. 그리고 내성적인 사람이 외향적인 모습을 따르기 위해 노력할 필요가 없음을 말했다. 그녀가 그 책에서 인용한 논문의 수는 엄청나지만, 탄탄한 문장력과 위트로 일반 독자의 사랑을 받는 베스트셀러로 나올 수 있었다.

　　나도 한 권만 출간할 생각으로 책을 만들어 보았는데 자신 감이 생겨서 세 권까지 도전하게 되었음을 고백한다. '내 실력으로 무슨 책을 출간할 수 있을까' 생각하지 말고 빈 종이에 목차부터 기록해 보자. 그러면 벌써 시작한 셈이다. 쓸 만한 내용이 없다고 하지 말고 자신이 관심을 두었던 내용이나 경험을 생각해 당장 기록하자. 물론 원고를 채우며 중도에 포기하고 싶을 때도 올 것이다. 그러나 포기하면 안 된다. 나의 책이 세상에 나오는 순간 평생 잊지 못할 하나의 추억을 쌓는 것이다. 쓴 글을 다시 고치고 이리저리 붙이다 보면 점차 책 다운 모습으로 변모하기 시작한다. 그리고 원고를 출판사에 넘기면 책이 나온다.

친구의 죽음을 전해 듣고 친구 부인이나 친구 부모님의 부고를 듣는다. 상이 나면 고향 마을 친구들 모임인 득봉회 회원들이 언제나 상여를 어깨에 메고 상두꾼 역할을 했다. "호오하 호오하 호하이 호오하 이제 가면 언제 오나" 하면서 요령 소리에 걸음을 맞춰 장지로 향한다. 이때 나는 눈물을 흘리며 여러 생각을 한다. 이 망자는 하고 싶은 일들을 다 마치고 저승으로 떠나는가. 자식이나 손주들에게도 부끄럽지 않게 살다 저세상으로 가시는가. 상여 행렬이 멈추면 상주 집안의 사위나 사촌 등이 노자를 챙겨 주기도 하는데, 가난한 집

의 경우 그럴 수가 없어 오히려 우리가 돈을 모아 도와드려야
할 때도 있다.

건강하게 자기 명대로 살다가 깨끗하게 죽는 것도 후세들
에게 도움이 되지만, 병을 달고 여러 해를 앓다 죽으면 가족
의 생활이나 정신적 어려움은 말이 아닐 정도다. 운동도 하
고 즐겁게 살다가 건강하고 깔끔하게 죽어야 호상이라고 하
지만, 제 생명을 다 채우지 않고 세상을 등지는 사람이 의외
로 많다는 것을 체험한다. 건강 수명이 65세까지이며 남자는
15년, 여자는 20년을 앓다가 생을 마감한다는 통계가 있다.
요양원에 가면, 이 통계가 진실이라는 것을 알게 된다.

남은 생을 어떻게 맞이할 것인가는 지금 모든 이들의 숙제
가 되어 버렸다. 지금 원고를 검토하는 중에도 옛 동료의 부
고 소식을 듣는다. 42세라는 젊은 나이에 심장마비로 소천하
고 말았다. 일이 손에 잡히지 않고 먹먹하기만 하다.

성경(Bible)에 이런 구절이 있다.
"살고자 하는 사람은 죽을 것이요, 죽고자 하는 사람은 살
것이다."
죽기 살기로 임하면 결국 살아남아 인생의 승리자가 될 수

나
는
숨
쉴
때
마
다
행
복
하
다

있다. 인생을 유쾌하고 즐겁게 사는 법을 나름대로 생각하면서 모아 보았다.

유머는 사람을 친근하게 하니 유머를 익혀서 실전에 적용해 보자.

돈 들지 않는 칭찬에 인색하지 말자.

부정적인 사람을 곁에 두지 말자.

자기 계발을 게을리하지 말자.

옛 친구를 소중히 생각하고 새로운 친구는 신중하게 사귀자.

비밀은 반드시 끝까지 지켜라.

남을 비난하지 말고 남을 내 몸같이 사랑하라.

약속은 반드시 지켜라. 신뢰를 잃으면 회복하지 못한다.

내 건강은 내가 책임져야 한다.

내 경제는 미리미리 튼튼하게 해 두어라.

오늘도 어김없이 새벽 5시에 일어난 나는 난실(蘭室)로 향한다. 새벽에 난과 마주하면 난들은 마치 자신에게 정령이 깃들었다는 듯 나에게 위로의 말을 나지막이 건네곤 한다. 자식

같이 아끼던 난이었지만 회사가 비틀대니 그 허기를 못 참고 이들을 분양 보내 버린 못난 아버지로서 미안하기만 하다. 그래서일까. 아직 남은 난들에게 예전보다 더 많은 연민과 애정이 간다.

올겨울은 유난히 춥다. 남쪽 나라 거제에 살기에 내가 추운 것은 날씨 탓이 아니라 마음 탓일 게다. 당장 해결해야 할 것들과 미래에 대한 불확실성으로 한숨이 늘었다. 그렇게 한숨을 쉬고 있는 자신을 발견하고, 매초간의 내 호흡과 여전히 쿵쾅거리며 뛰는 심장 소리에 귀를 기울인다. 그렇다. 조용히 눈을 감으면 느껴진다. 감미로운 난향과 더불어 나는 아직 이렇게 살아 있고 뜨거운 피가 온몸을 달리지 않는가. 삶의 묘미는 전화위복에 있고, 행복의 연원은 바로 자신의 삶에 대한 무한한 감사라 하지 않았던가.

그렇게 다시 숨을 가다듬고 매일 생각한다. 그래, 숨 쉴 때마다 행복하자. 그렇게 뚜벅뚜벅 걸어 나가자.

매봉(梅峰)

정희수 드림

나는 숨 쉴 때마다 행복하다

나는 숨 쉴 때마다 행복하다

초판 1쇄 인쇄일 2019년 01월 17일
초판 1쇄 발행일 2019년 01월 24일

지은이 정희수
펴낸이 양옥매
디자인 표지혜 송다희

펴낸곳 도서출판 책과나무
출판등록 제2012-000376
주소 서울특별시 마포구 방울내로 79 이노빌딩 302호
대표전화 02.372.1537 **팩스** 02.372.1538
이메일 booknamu2007@naver.com
홈페이지 www.booknamu.com
ISBN 979-11-5776-674-1 (03800)

이 도서의 국립중앙도서관 출판예정도서목록(CIP)은
서지정보유통지원시스템 홈페이지(http://seoji.nl.go.kr)와
국가자료종합목록시스템(http://www.nl.go.kr/kolisnet)에서 이용하
실 수 있습니다. (CIP제어번호: CIP2019001746)